나는 다시 출근하는
간호사 엄마입니다

나는 다시 출근하는 간호사 엄마입니다

경력단절에서 **경력이음**으로, **워킹맘 성장일기**

초 판 1쇄 2025년 05월 13일

지은이 전선자
펴낸이 류종렬

펴낸곳 미다스북스
본부장 임종익
편집장 이다경, 김가영
디자인 임인영, 윤가희
책임진행 김은진, 이예나, 김요섭, 안채원, 장민주

등록 2001년 3월 21일 제2001-000040호
주소 서울시 마포구 양화로 133 서교타워 711호
전화 02) 322-7802~3
팩스 02) 6007-1845
블로그 http://blog.naver.com/midasbooks
전자주소 midasbooks@hanmail.net
페이스북 https://www.facebook.com/midasbooks425
인스타그램 https://www.instagram.com/midasbooks

ISBN 979-11-7355-228-1 03810

값 18,000원

미다스북스는 다음세대에게 필요한 지혜와 교양을 생각합니다.

경력단절에서 **경력이음으로**, 워킹맘 성장일기

나는 다시 출근하는 간호사 엄마입니다

전선자 지음

미다스북스

걸음 둘 간호사실에서 살아남기

걸음 셋

맞벌이 가족으로 살아남기

걸음 넷

엄마로만 살지 않겠어

추천사

물기 머금은 눈동자처럼 맑고, 숨 고르듯 조용한 문장들. 『나는 다시 출근하는 간호사 엄마입니다』는 일터와 가정을 오가며 매일 조금씩 삶을 회복해나가는 한 엄마 간호사의 기록입니다. 누구의 위로도 닿지 않던 마음 가장자리까지 다녀온 이 글은, 당신의 무언가를 조용히 쓰다듬고 갈지도 모릅니다. 이 바쁜 시간이 어서 지나가기만 기다리지 않고 그 안에서 피어난 감정과 깨달음을 차분히 꺼내어 우리와 나누어주신 작가님께 따뜻한 박수를 보냅니다.

아이는 웃는데 마음이 아프고, 일은 끝났는데 하루는 끝나지 않는 날들. 지금 이 순간에도 일터로 향하며 아이를 뒤로 두고 나온 당신에게 이 책을 건넵니다. 모든 것을 잘 해내고 싶은 마음에 지쳐버린 워킹맘이라면, 이 책의 고요한 문장 속에서 자기 자신과 다시 연결될 수 있을 거예요. 그렇게 흔들리면서도 한 걸음씩 나아가는 엄마를 보며 자라는 아이는 세상의 다정함을 믿게 될 겁니다. 이 글이 숨이 차오르는 어느 아침, 당신의 책상 위에

놓인 선배의 손편지가 되기를 바랍니다. 당신은 혼자가 아니라고, 충분히 잘하고 있다고, 조용히 응원하는 마음으로 이 책을 추천합니다.

이은경

부모교육전문가, '슬기로운초등생활' 대표

들어가는 글

다시 출근하는 엄마가 된다는 것은

오래도록 전업주부를 하다가 경력단절에서 경력이음에 성공했다. 나는 다시 출근하는 간호사 엄마다. 병원에서 3교대 근무를 하면서 간호학원 강사로 일하고 있다. 그리고 글을 쓰는 작가다.

아이들이 많이 자랐다. 어릴 때는 엄마의 손을 많이 필요로 하더니 이제는 약간의 거리두기를 원하는 때가 되었다. 아이들이 나의 손을 덜 필요로 하는 나이가 되었으니 슬쩍 고개를 들어 먼 곳을 바라본다.

많은 엄마들이 임신과 출산, 육아라는 이유로 경력단절을 경험한다. 어느 정도의 육아가 끝이 보일 때쯤 다시 재취업을 생각하게 된다. 하지만 그때 느껴지는 세상에 대한 두려움이란, 겪어보지 않은 사람은 감히 상상도 못 할 것이다. 세상에 대한 두려움으로 한 발자국을 내딛기에 몸보다 마음이 먼저 움츠러든다.

지금까지 나는 무엇을 했던가? 전업주부들이 많이 생각하는 부분이다. 분명 부지런히 살아왔다고 생각했는데 세상에 나오면, 전업주부로 지내던 시간의 경력은 이력서에조차 쓸 수 없는 것이 현실이다. 이 나라의 현실은 모든 가정의 기본이 되는 육아와 살림에 대한 가치를 낮게 평가하고 있으므로.

다시 출근하는 엄마가 된다는 것은 경제적으로 가족을 위한 현명한 결정이기도 하겠지만 내 인생의 발전 기회가 되기도 한다. 나의 위치가 전업주부였을 때 나머지 가족들의 안정감이 최상이라는 장점이 있다. 하지만 이제는 엄마로만 살지 않고 나의 인생도 살아내야 하겠다. 이런 결심을 하고 경력단절에서 경력이음에 성공해 다시 출근하는 삶을 살고 있다.

용기란 별거 없는 거다. 이것저것 따지지 말고 일단 한번 덤벼보는 거다. 까딱하면 백이십 살까지 산다는 우리네 인생이다. 평생 엄마 노릇만 하기에는 남은 인생이 너무 길다. 엄마도 나의 일을 찾고 자기계발을 해야 한다. 아이들에게 엄마가 행복하게 나의 인생을 즐기며 사는 모습을 보여주는 것이 진정한 어른으로 거듭나는 길이라 생각한다.

이 책에 다시 출근하는 엄마의 일상과 가족들의 이야기, 자기계발을 하는 이야기를 풀어내었다. 다시 출근하는 삶이 두렵다면 저자의 이야기를 통해서 위안과 희망의 씨앗을 엿보기 바란다.

자, 이제부터 나의 인생을 향해 한 걸음씩 앞으로 걸어보자.

(걸음 하나)

엄마의 두 번째 직업

워킹맘 중 최악이라는 3교대 간호사. 그중에서도 최근에 경력단절에서 경력이음을 이룬 워킹맘. 그것이 나의 직업이다. 경력단절 간호사여서 경력은 짧고 나이는 많다. 뭐든 열심히 하는 자세, 주어진 일을 성실히 하는 자세가 중요하다.

워킹맘 중 최악이라는 3교대 간호사

나는 간호사 엄마다. 워킹맘 중 최악이라는 3교대 간호사. 그중에서도 최근에 경력단절에서 경력이음을 이룬 워킹맘. 그것이 나의 직업이다.

희미한 기억 속 어느 신문사의 여론조사에 의하면 간호사라는 직업을 가진 사람은 연애 상대로는 1위라지만 결혼 상대로는 뒤에서 1위라고 한다. 너무나 웃픈 직업을 가졌는데 그 이유는 3교대 근무를 하기 때문이라는 것을 나는 너무도 잘 알고 있다. 그냥 3교대 근무를 한다는 점도 탐탁잖은데 3교대 근무 중에서 유독 간호사라는 직업이 악명 높은 이유는 규칙적이지 않은 3교대라는 점 때문이다. 한 달 단위로 교대 근무가 반복되는 규칙적인 3교대 근무의 직업들도 많다. 하지만 간호사라는 직업의 근무는 불규칙한 교대 근무로 한 달의 시간을 널뛴다. 오늘은 새벽 7시에 출근하는 데이근무를 하다가 내일은 저녁 9시에 출근을 하는 나이트근무를 하는 식이다. 남들 다 일하는 평일에는 쉬다가 남들 다 쉬는 주말과 공휴일에는 출근한다.

간호사의 3교대 근무는 데이, 이브닝, 나이트라는 이름으로 불린다. 24시간인 하루를 세 가지의 시간 단위로 나누어 근무한다. 병원마다 약간의 차이가 있지만 내가 근무하는 우리 병원은 데이근무는 아침 7시 40분부터 3시까지, 이브닝근무는 오후 2시 40분부터 10시까지, 나이트근무는 오후 9시 20분부터 아침 8시까지로 이루어진다. 이렇게 24시간을 쪼개어 근무한다. 하루의 24시간은 환자를 간호하는 시간으로 빈틈없이 꽉 채워져 있다.

초등 아이가 물어본다. 아빠는 쉬는데 엄마는 왜 어린이날에 출근하냐고. 아픈 환자들이 병원에 입원했는데 입원환자는 집에도 안 가고 병원에서 먹고 자고 하면서 계속 치료받아야 한다고 설명해 준다. 그래서 엄마가 출근하는 거라고 말하면 착한 아이는 수긍하면서 끝내 출근하는 나를 붙잡지 못한다.

병원의 간호사뿐 아니라 은근히 많은 직업이 교대 근무로 이루어진다. 경찰관, 소방관, 철도 공무원, 공업단지의 직원들. 누군가 해야 하는 일이지만 은근히 나의 배우자는 아니었으면 하는 것이 교대 근무다. 배우자가 불규칙 3교대의 직업을 가졌다면 보통의 사람들이 가지는 것보다 감내해야 하는 상황들이 더 많아진다는 걸 의미한다. 더군다나 아이를 키우고 있다면 그 난도는 더욱 상승하게 되는 것이 당연하다. 최소 절반의 육아와 살림은 본인에게 넘어오는 상황을 흔쾌히 받아들이기 껄끄러울 터이니.

하필이면 어린이날에 근무하러 가는 엄마를 빼고 수목원에 나들이 가는 아이들의 아쉬움 섞인 목소리, 명절에 나이트근무를 하여 시댁에서 6시간째 낮잠 자는 며느리를 깨우기 머뭇거리는 시어머니, 김장 날에 딱 맞춘 동료의 근무 펑크 소식에 일하러 간다며 자리를 비우는 동서를 대놓고 욕하기 힘든 형님, 기분 좋은 날 갑자기 잡힌 부부 동반 모임에 덩그러니 혼자 참석해야 하는 민망한 남편의 웃음소리, 근무표를 알지 못한 채 약속을 잡아 계속해서 틀어지는 친구와의 만남, 근무 중이라 받지 못한 부재중 통화와 문자, 1이 지워지지 않는 카톡 글들.

뭐 이런 상황은 비일비재하다. 당장 내일 일어날 일을 예상하기 힘든 상황에 다음 달의 근무표는 나왔고 나는 그 근무표대로 한 달의 일상을 살아간다.

하지만 불규칙 3교대가 좋은 점도 있다. 여느 병원이 다 그렇듯 내가 다니는 병원도 근무 신청을 미리 받는다. 여기서 말하는 근무 신청은 꼭 쉬고 싶은 날이거나 특정일에 하고 싶은 근무를 신청하는 것이다. 매달 22일쯤 근무 신청을 받고 23일에는 다음 달 근무표가 나오는 시스템이다. 다음 달 근무표가 최소 일주일 전에는 예상 가능하다. 간호사의 근무가 불규칙한 것은 내가 원하는 날에 원하는 근무를 할 수 있는 시스템이라는 뜻이기도 하다.

실제로 지난달 나는 몇 번의 근무 신청을 했다. 4일은 1호 학교 재량 휴업일로 오프를, 19일은 지인 결혼식 참석으로 오프를, 25일은 2호 학부모 참관 수업으로 이브닝근무를, 26일은 친정 식구 가족 모임으로 오프를 신청했다. 즉 다른 간호사들과 근무 신청이 너무 많이 겹치지만 않는다면 내가 원하는 근무를 모조리 받을 수 있다는 장점이 있다. 한 달 중 며칠은 약간 선택근무제의 느낌이랄까. 모든 쉬고 싶은 날에 굳이 연차를 쓰지 않아도 된다. 특히 학부모 참관 수업은 보통 오전에 거의 다 이루어져서 휴가를 내는 대신에 이브닝근무를 신청하는 똑똑한 선택을 한다. 물론 내가 조금 더 피곤한 하루를 보내야 한다. 하지만 굳이 휴가를 내지 않고 하루의 시간을 효율적으로 쓸 수 있으니 이 얼마나 좋은 시스템인가.

몇 개의 근무 신청이 이루어지고 나머지 요일은 어떻게 될까? 근무표를 짜는 수간호사의 재량에 따라서 데이, 이브닝, 나이트근무가 골고루 섞이게 된다. 모든 요일의 근무를 내 마음대로 다 짤 수는 없으니 정말로 꼭 필요한 날의 근무 신청을 한다. 좋은 점도 있고, 아쉬운 점도 있다. 다음 달의 근무 신청을 하고서 다음 날 나올 근무표를 손꼽아 기다리게 된다. 마치 소풍 가기 전날 밤의 어린아이처럼 기대감을 품고 잠이 든다.

나는 임신과 육아로 인해서 일을 쉬게 된 흔해 빠진 경력단절 간호사였다. 시간이 흘러 이러저러한 이유로 다시 돈을 벌어야 하는 현실에 마주쳤을 때 나의 고민은 두 가지였다.

고민 하나는 기존에 하던 간호사 일을 할지, 아니면 다른 직업을 찾아볼지. 이왕 돈을 벌기로 했다면 새로운 일을 다시 배워서 신규로 시작하는 것보다, 기존의 간호사 경력을 살리는 것이 나에게 가장 유리하고 가장 잘할 수 있는 일이라 생각했다. 요즘은 경력직을 더 선호하는 분위기더라. 그리고 40대라는 나이는 너무 많은 것 아닌지 걱정했었는데 오히려 오래 다닐 경력직이라며 환영을 받았다. 첫 직장은 쉽게도 그만두었지만, 경력 단절 여성의 재취업은 간절하고 웬만하면 오래 다닌다는 사실을 병원은 잘 아는 눈치였다.

고민은 그뿐만이 아니었다. 간호사를 하기로 결정했다는 건, 상근직과 교대직 중 하나를 선택해야 한다는 걸 의미하기 때문이다. 장단이 확실히 다른 두 가지의 선택지에서 나의 고민은 길지 않았다. 내겐 3교대 근무의 장점이 더 크게 다가왔기 때문이다. 모든 걸 가질 수 없다면 원하는 것을 우선순위별로 늘어놓아 봐야 결정이 수월해지는 법이다. 수많은 단점을 뒤로하고 큰 망설임 없이 3교대 근무를 선택할 수 있었던 건, 내가 갖고 싶은 두 가지 때문이다. 나이트 수당과 낮 시간의 자유라는 확실한 장점이 있었기에, 이거면 어지간한 어려움은 이겨낼 수 있을 것 같았다. 물론 나이트근무가 무섭지 않았다면 거짓말이다. 밤을 새워서 해내야만 하는 근무가 너무 힘들어 상근직인 종합검진센터, 주사실, 간호학원 강사로 오랜 기간 일하던 사람이 나란 말이다. 그리고 내 나이가 몇 살인데, 시작도 안 했는데 벌써부터 뼈마디가 쑤시는 느낌이 드는 나이 아닌가. 그럼에도 선뜻 3교대를 선택한 이유가 하나 더 있다.

이 글을 빌어서 내 배우자에게 미안함과 감사함을 표한다.

여보~ 내가 3교대 근무를 선택한 데에는 당신이 모르는 다른 이유가 하나 더 있어. 내가 전업주부로 있으면서 살림을 오래 했는데 말이지. 사실 나 살림이 너무 적성에 안 맞고, 재미없어. 나 18년 차 경력직 주부인데도 말이야. 이제부터는 신규인 자기가 집안일 좀 나눠 하면서 경력을 좀 쌓았으면 좋겠어. 내 3교대 근무는 자기에게 주는 살림과 육아의 기회라고 생각하도록 해. 뭐든 열심히 하면 잘하게 되더라고, 잘할 거야. 자기~ 파이팅!

오늘부터 나는 소아청소년과 간호사

머리에 쥐가 나도록 공부하는 고3 수험생 같은 시절을 몇 년을 보내고 2003년 간호사 면허시험에 합격하여 당당한 간호사가 되었다. 어마무시하게 마신 카페인의 양과 옛날 전화번호부 같은 두께의 전공 서적의 무게, 거기에다가 도서관에서 공부하며 보낸 내 젊은 시절의 수많은 시간. 이렇게 많은 것을 쏟아부은 나의 대학 시절이 끝났다. 졸업 후 나에게 남겨진 것은 겨우 상장 같은 A4용지에 새겨진 간호사 면허증이라는 종이 한 장뿐이었다. 깃털처럼 가볍고 여타의 자격증과 다르게 별 폼도 안 나 보였다. 내가 요 종이 쪼가리 하나를 얻으려고 그동안 그렇게나 무지막지하게 공부하고, 천 시간이 넘도록 병원 실습을 했다는 생각에 허무하기 짝이 없었다.

우리나라는 서류가 중요한 나라다. 일을 할 때 자격증이 있냐, 없냐의 차이는 엄청나단 말이다. 특히 의료 현장에서는 더욱더 그러하다. 비슷한 일을 한다고 하더라도 면허가 있냐 없냐, 자격증이 있냐 무자격자냐를 따지고 책임 소재를 분명히 한다.

그때는 내가 너무 어려서 뭘 몰랐던 거였다. 이 별거 아닌 것 같은 종이 한 장의 무게가 엄청난 것이었다는 사실을. 그리고 나에게는 이 간호사 면허증 한 장이 내 생계의 근원, 거의 전부라는 사실을 그때는 미처 깨닫지 못했다. 간호사 면허증 이외의 여타 수많은 자격증은 국가 공인이라 하더라도 내 손에 십 원짜리 한 장을 쥐여주질 않았다.

솔직하게 고백하기 너무 부끄럽지만 마흔다섯 살이나 먹은 나는 간호사가 된 지 햇수로는 22년 차이지만 임상 경력은 약 8년 차로 어디에 경력 간호사라고 말하기도 부끄럽다. 물론 중간에 간호학원과 요양보호사교육원에서 강의하고, 흡연 예방교육강사와 약물중독 예방교육강사, 성 교육강사로 10년 가까이 활동했다. 하지만 실질적으로 간호사에게 진짜 경력은 임상, 즉 병원에서의 근무 경력만을 경력으로 인정해 준다. 이것이 현실이다.

어쨌든 이런 강의 경력을 가진 나일지라도 병원에서 보기에는 흔하디흔한 경력 단절 여성일 뿐이다. 혹시라도 경력 기간보다 경력단절의 기간이 더 길면 어쩌라는 거죠? 라고 면접관이 묻는다면 난 어쩌란 말인가. 무슨 말을 해야 좀 더 있어 보이려나. 고민이 깊어진다.

우리나라의 사회에서 육아와 살림은 어딜 가나 경력으로 인정을 받지 못한다. 그저 집에서 애 보는 노는 엄마로 취급될 뿐이다. 세상에서 가장 고귀하고 귀한, 어느 3D(3 dangerous) 직업보다도 힘든 일을 하고 있는데도 말이다. 난이도 최상의 육아를 하는 전업주부를 너무 폄하하는 사회에 내가 살고 있다니. 솔직히 나는 세상 모든 엄마를 세종대왕보다 더 존경한다. 마땅히 그래야 한다고 생각한다. 실제로 해본 사람들만 알겠지만, 끝이 보이지 않는 육아라는 것은 그 난이도가 어떤 직업보다도 높고, 많은 인내심과 끝없는 시간을 요구한다.

불혹을 훌쩍 넘긴 내가 재취업에 도전하려 한다. 자신감은 이미 바닥에 있어 목소리마저 작아질 지경이다. 남편은 평생 워킹맘이던 시어머니의 셋째 아들이기에, 두 형 아래 엄마의 부재가 성장기 내내 아쉬웠나 보다. 그에 반해 전업주부였던 친정엄마의 보살핌 아래 편안한 유년 시절을 보낸 나다. 남편은 2호가 초등학교 졸업하면 다시 일을 하든지 아니면 계속 쉬든지 하라고 했다. 이기적인 당신은 마누라 나이 먹는 거는 생각을 안 하는구나. 생각을 해보라. 젊고 팔팔한 간호사들 많은데 굳이 나 같은 슬슬 흰머리가 하나둘씩 솟아 나오고 있는, 노안이 와서 안경을 안 쓰면 안 되는 불혹이 넘은 나를 간호사로 고용하는 것이 도움이 될는지. 당신 같으면 나 같은 경력단절 여성을 고용할 것 같은지. 마구 퍼붓고 나서야 이야기는 끝이 났다. 속이 후련하지만 마음은 불편하다. 그만큼 자신 없고 불안하다는 건데. 극 T형인 남편은 이런 내 마음을 알아채지 못한 것을, 시간이 지나도 계속 모르리라는 것을 이미 나는 알고 있다.

어딘가에서 주워들은 얘기로는 부부는 서로의 꿈에 관해 관심이 별로 없다고 한다. 상대방이 뭘 원하는지, 무엇을 그토록 하고 싶어 하는지를 진지하게 고민하는 경우는 드물다고. 부부는 그저 정의감을 가진 동지로서 함께 아이를 키우면서 하루하루 사는 것이란다. 내 반쪽 또한 여느 남자들과 다르지 않았다. 당신도 평범한 대한민국 남편이니까. 그러던 내가 그에게 나의 꿈에 대해서 더 이상 가타부타하지 않았다. 곰곰이 생각해 보니 나 또한 그랬다. 예전부터 은퇴하면 조그마한 식당을 차리고 싶다는 남편이다. 그는 진지한 데 반해 나는 그런가 보다 한다. 이런 경우를 전문용어로 '쌤쌤'이라고 한다. 내가 점점 작아지고 있는 때다.

기회는 잡는 자의 몫이라고 했다. 너스케이프라 불리는, 간호사만을 뽑는 채용사이트가 있다. 지역별, 의료기관별로 다양하게 검색을 해볼 수 있다. 재취업에 성공하려면 일단은 내가 유리한 위치에 있어야 한다. 대학병원에서 종합검진센터, 소아청소년과, 신생아실에서 근무했던 경력을 살려 소아청소년과로 지원하기로 했다. 괜히 알지도 못하는 정형외과 같은 데를 지원했다가는 면허를 갓 딴 신규보다 무식하다는 소리를 들을 수도 있으니 말이다. 더군다나 나는 경력단절 간호사라지만 병원 시스템이나 여타의 것들이 많이 바뀌어서 허둥댈 수도 있단 말이지. 그리고 믿는 구석이 하나 있는데 자랑이지만 나는 간호사로서 주사는 좀 잘 놓는 편이긴 하다. 첫 직장이던 대학병원에서 워낙에 안 좋은 환자 사례를 많이 만나서 많이 찔러본 경험이 있었으니. 자전거는 한번 타면 오랜만에 타도 금방 기억한다는데 주사도 그럴 것이라 믿는다. 그리고 코로나 터지기 직전까지 1년 조금 넘는 기간 동안 주사실에서 근무한 적이 있으니 일단 든든한 무기 하나는 장착을 한 셈이다.

다행히 면접을 본 소아병원에 합격하여 다음 달 1일부터 출근하기로 했다. 그런데 도대체가 잠을 못 자겠단 말이다. 지각을 하면 어쩌나. 자신만만했던 주사를 잘못 찔러서 실수를 많이 하면 어쩌나. 이게 도대체 얼마 만에 하는 나이트근무란 말인가. 워낙에 잠도 많은 내가 버틸 수 있으려나. 출근하기도 전인데 다음 달 근무표는 벌써 나를 기다리고 있다.

나 잘할 수 있을까?

인생 뭐 있어? 열심히 하면 되는 거지 뭐.

일단 시작해 보는 거야, 쫄지마!

다시 신규의 마음으로

경력이음으로 다시 첫 출근을 하던 날이다. 괜한 불안과 걱정과 안절부절과 두려움을 껴안고 자는 날을 며칠 보내서인지 출근하기 전부터 얼굴이 푸석하다. 아직 나이트를 시작도 안 했는데 말이다. 모두에게 잘 보이고 싶은 마음에 곱게 화장도 신경 써서 했지만 어쩐지 싱숭생숭한 나의 마음은 이것저것 다 가려진다는 파우더 팩트로도 가려지지 않는다. 화장품을 잘못 산 게 분명하다.

너무 오랜만의 병원 출근이다. 면접 볼 때 수간호사 선생님이 분명히 데이근무는 7시 40분까지 오면 된다고 했다. 하지만 신규가 출근 첫날부터 너무 딱 맞추어서 정각에 출근하는 것은 예의가 아닌 것 같으니 30분 정도 일찍 출근하려 한다. 병동에 도착하여 간호사복으로 갈아입고, 긴 머리카락은 머리망에 곱게 넣어서 삐져나오지 않게 정갈하게 정돈하고, 간호사 명찰을 비뚤어지지 않게 고정한다. 그리고 요즘 시대에 중요한 마스크 착용을 잊지 않는다. 이렇게 하루를 시작하면 되겠지. 애써 긴장감을 감추고 병원의 일상을 그려본다.

여느 출근 시간보다 조금만 일찍 가려고 했다. 이런 나의 마음을 아는 건지 자동차는 신호 한 번 안 걸리고 너무 일찍 나를 병원에 데려다주었다. 주차장에 가지런히 주차했다. 괜히 꾸물거리기도 뭐해서 그냥 내가 일할 병동으로 발걸음을 향했다.

"이렇게 일찍 오면 어떡해요, 지금 7시야."

'안녕하세요'하고 인사할 겨를도 없이 쭈뼛거리는 나에게 던져진 외마디의 비명 같은 소리였다.

아뿔싸. 너무 일찍 오면 안 되는 거였어?

시간이 지나고 나서 알았다. 나이트근무 때는 아침 7시가 가장 바쁜 시간이라는 사실을. 아침 항생제를 환자들에게 투여하고 열을 재며, 환자의 컨디션을 다시 한번 체크한다. 차지널스는 인계 준비를 하느라 분주하다. 이렇게 정신없이 바쁜데 신규 간호사는 일찍부터 와서 짐짝처럼 버티고 있다. 뭔가를 해주고 싶어도 지금은 너무 바쁘단 말이지.

병원에 근무하는 사람들은 환자에게는 그렇지 않지만 대체로 화를 잘 낸다고 생각하면 된다. 물론 병원이 그렇게 화를 잘 내는 사람들만을 뽑아놓은 곳은 아니다. 그들의 특성이라기보다는 너무 바쁘다는 것이 문제다. 할 일은 태산인데 시간은 없다. 한정된 근무시간 안에 내가 해야 할 일을 끝내고 퇴근해야 하는 것이기에.

그리고 병원 사람들은 일을 깔끔하게 하고 싶은 욕구도 있다. 3교대 근무일 경우 더욱 그러하다. 지금 나이트근무를 한다고 해보자. 일을 하다가 주변이 좀 지저분해질 수도 있다. '퇴근하기 전에 치워야지' 생각하는데, 그 다음 근무자가 벌써 와버렸다. 같은 공간에서 일을 하는 것일지라도 다음 근무자는 이제 막 출근을 한 것이다. 그러므로 최소한 책상 위나 테이블 위가 정리가 되면 일을 시작하는 사람으로서 깔끔하겠다. 하지만 아직 정리가 안되었다면 민망함에 소리를 지르게 된다.

어쨌든 나의 첫 출근은 인사보다는 외마디의 비명으로 시작되었고, 여기가 내가 근무해야 하는 곳이었다. 너무 일찍 출근하면 안 되는 거였다.

시간 엄수. 7시 40분까지 오면 된다고 했다. 기억하자.

예상대로 병원은 정신없이 돌아갔고 시장통을 방불케 했다. 특히 데이근무라서 그러리라 생각했다. 데이근무는 3교대 근무 중 가장 많은 일 처리가 진행된다. 점심시간이 되기 전이 가장 바쁘다. 대부분의 퇴원이 이루어지고, 웬만한 입원도 점심시간 전에 많이 이루어진다. 퇴원 환자가 빠지면 새로 침상 준비하고 입원환자가 다시 그 자리를 채운다. 40명의 환자가 있다고 하면, 입원 12명에 퇴원 12명이다. 이 말은 12명의 환자가 퇴원해서 퇴원 약 처방, 퇴원 교육, 침상 정리를 다 했다는 것이고, 12명의 입원환자가 왔다는 것은 또 신환 약 처방, 신환 병실 교육, 침상 정리를 했다는 것이다. 이뿐 아니라 새로 들어오고 나가는 환자들의 모든 투약과 처치, 컴플레인을 다 처리했다는 것이다. 물론 기존 입원환자에 대해 간호하는 것은 기본이다.

첫날부터 너무 정신이 없다. 나만 그런 건지 궁금하여 동료 간호사들에게 물어보았다. 워낙에 이렇게 바쁜 건지, 내가 신규라서 바쁘게 느끼는 건지, 오늘만 이렇게 바쁜 건지. 대부분의 인사 공고는 누군가의 퇴사로 이루어지기 나름인데, 이번 경우는 인원 보충이란다. 아무도 그만두지 않았는데 환자가 너무 많고 중증 환아의 비중이 점점 늘어서 나를 뽑은 거란다. 그렇게 나는 이 병원의 하나의 멤버가 되었고, 작은 톱니바퀴가 되었다. 작은 톱니바퀴 하나가 잘 굴러가지 않으면 다른 바퀴에도 영향을 준다. 정신 차리고 나에게 주어진 일들을 잘 해봐야겠다.

폭풍 같은 하루가 지나가고 느낀 점 하나를 꼽자면, 일단 밥을 잘 먹고 다녀야겠다는 생각을 정말 절실히 했다. 하루 종일 병원의 구석구석을 돌아다니는 나는 금세 허기가 지더라. 분명 아침을 먹고 출근했는데, 내 밥 다 어디 간 거니?

연애할 때가 생각난다. 남자 친구였던 지금의 남편은 사귄 지 얼마 되지 않은 시점에 나에게 충격적인 말을 했다.

"당신처럼 밥 많이 먹는 여자는 처음이야."

뭣이라? 이슬만 먹고 사는 여자들만 만나봤니? 병원 간호사들과 식사할 때면 다들 나에게 소식한다고 뭐라고 한다. 그거 먹고 일을 하겠냐면서 볼

멘소리를 낸다. 병원 사람들 사이에서 나름 소식을 하는 나인데 이게 무슨 소리냔 말이다.

"원래 천사들은 밥 많이 먹어."

그렇게 깔깔대던 우리는 각자의 국밥에 밥 한 공기씩을 듬뿍 말아 먹고, 공깃밥 하나를 추가해서 사이좋게 정확히 반반으로 나눠서 먹었다. 이건 연애한 지 한 달도 안 된 시점에 이뤄진 에피소드다. 그래도 난 당당하다.

난 소식하는 여자다.

나이는 많아도,
연차는 아래다

세상 살다 보니 별일이 다 있다. 처음에는 다시 일을 할 수만 있다면 너무 좋겠다는 생각뿐이었다. 당장 돈을 벌어야 했기에.

나이 먹은 것은 인정하고, 병원 경력 짧은 것도 인정하고. 하지만 병동 내에서 나의 위치란 믿어지지 않을 만큼 낮았다. 병원 경력상 서열로 따지자면 나보다 낮은 연차의 직원은 단 한 명뿐이었다. 그 간호사는 경력 3년 차의 27살 신규직원이다. 허허허. 기가 막힌다. 27살짜리 애기 간호사 다음에 나. 그 위로 경력이 짱짱한 간호사들이 포진해 있다. 직장 내에서 일만 열심히 하면 되는 거지, 서열이 뭐가 중요하냐고 병원 밥을 제법 먹어본 나에게 묻는다면 그건 너무나도 중요한 것이라 말할 수 있겠다.

물론 생각을 안 한 것은 아니었다. 출근하기 전에도 생각은 했었지만 실제로 마주친 현실은 나를 불판 위의 오징어처럼 쪼그라들게 했다. 실제로 이런 경우는 드라마에 종종 나오기도 하더라. 살짝 억울하기도 하여 나의 상황을 말하자면 나는 강사 경력이 10년쯤인데 현실에서는 간호사로서 병원 경력이 아니면 가뿐히 도려내진다. 그래 뭐, 난 여기 있는 간호사 선생님들보다 강사 경력은 더 많아. 다른 장점도 있단 말이지.

더욱이 나는 경력단절 간호사여서 경력은 짧고 나이는 많다. 그래서 나보다 나이 어린 간호사가 내 윗 연차로 여럿, 아니 아주 많이 있다. 나보다 나이가 많으면서 경력이 많으면 오케이, 인정! 하지만 나보다 나이도 어린데 윗 연차라는 것은 일할 때 서로 불편하고 민망한 상황이 계속될 수 있다. 경력 간호사라고 해서 왔는데 나이는 많아서 서로 존댓말을 해야 하고 일을 시키기에도 부담스러워진다. 이럴 때 해결 방법은 하나뿐이다. 내가 알아서 눈치껏 일을 찾아서 하는 수밖에. 그리고 그들과 친해지려 내가 먼저 다가가 노력해야 한다. 다른 방법은 아무리 눈을 씻고 코를 씻고 찾아보아도 찾아지질 않는다. 사회생활이란 다 그런 거 아니겠는가.

간호사들은 같은 병동 속에서 협업으로 일을 해 나간다. 내가 다니는 의료기관은 대학병원이 아닌 소아병원이다. 우리나라의 대학병원은 인건비가 저렴한 신규 간호사만을 뽑는 곳이 대부분이고, 나 같은 경력직을 뽑는 경우는 거의 없다고 보면 된다. 하지만 나를 뽑는다고 하더라도 집안일과 육아를 병행하는 워킹맘이 어마무시한 강도의 대학병원 업무를 버티기 쉽지 않을 것이다. 그래서 어느 정도 나이가 있는 경력직 간호사들은 페이가 적더라도 업무강도가 상대적으로 낮은 작은 병원으로 옮기는 경우가 흔하다. 나 또한 작은 병원에서 경력이음을 시작한 것은 너무 힘들지 않게 일을 해야 오래 다닐 수 있음을 인지한 탓일 것이다.

대부분의 병원에서는 간호사 일을 나눠서 하는 경우가 많다. 간호사는 근무시간에 따라, 하는 일에 따라 차지널스와 액팅널스로 나뉜다. 차지널스는 경력 높은 간호사로 근무시간에 전체적인 환자를 파악하고 의사 지시를 컴퓨터로 확인한 후, 액팅널스에게 업무를 지시한다. 액팅널스는 주사를 놓는다든지 환자교육을 한다든지 실제로 환자에게 간호를 시행하는 식으로 업무는 나뉜다.

내가 재취업을 한 병원에서 나의 역할은 당연히 액팅널스이다. 하루 종일 환자와 마주하며 그들의 상태를 확인하고 의사에게 보고할 내용이 있거나 하면 일단은 차지널스에게 보고한다. 이렇게 직접간호를 하면서 근무한다.

나와 같이 근무하는 대부분의 간호사는 최소 15년 차 이상이다. 15년 차 이하의 간호사는 나와 막내를 포함하여 딱 3명뿐이다. 이렇게 근무 연차가 빵빵한 베테랑 간호사들과 근무한다.

처음 일을 시작했을 때는 내가 나이만 많은 너무 저연차의 간호사라는 사실에 조금 속상했다. 물론 가장 속상할 때는 예상하겠지만 당연히 월급날이다. 연차가 낮다는 것은 월급도 역시 적다는 것을 의미하니까. 그러나 이런 나의 서운함은 출근한 지 한 달도 안 된 시점에 흔적도 없이 사라져 버렸다. 내가 경력이 짧아서 액팅널스를 하는 것은 너무도 당연한 거였다. 응급상황이 생기거나 간호하다가 모르는 것이 생길 때, 보호자의 문의 사항에 대처하지 못해 쩔쩔맬 수 있는 상황에 빠지려 할 때 윗 연차 선생님들이 오셔서 일을 깔끔하게 처리해 주고 가신다. 나이란 상관없는 것이다. 역시 경력 간호사가 베테랑이라는 것은 이런 상황에 드러나게 된다. 그리고 누가 뭐라 하지 않았지만, 나는 임상에서 벗어난 기간이 너무 오래되어서 정말이지 신규 티를 갓 벗은 간호사에 불과하다는 것을 스스로 인정하게 될 수밖에 없었다. 15년이라는 기간은 절대 짧지 않은 기간이다. 지금 나는 같이 근무하는 간호사 선생님들 모두를 진심으로 존경한다. 나도 이들처럼 일을 능숙하게 하는 베테랑 간호사가 되어야겠다는 생각을 해본다.

내가 나이가 많기는 한가 보다. 재취업한 병원에서 예전에 지인으로 알던 간호사와 같이 근무하고 있다. 나랑 같은 나이. 나이도 동갑이고, 같은 중학교 2학년의 1호를 키우고 있어서 공감대도 많다. 일상에서 다시 만났더라면 깔깔거리는 사이였을 테지만 병원에서 그녀와 나의 상황은 아주 많이 다르다.

그녀는 22년 차의 차지널스이고 나는 경력이음으로 이제 8년 차의 액팅널스이다. 병원에서 그녀와 나의 거리는 거의 하늘과 땅만큼이나 차이가 난다. 일할 때 그녀는 나보다 훨씬 연차가 높은 간호사이다. 나는 다시 일을 시작하는 경력이음 간호사이니, 그녀의 지시에 따라서 일을 한다.

지금 나에게 필요한 건 뭐?

뭐든 열심히 하는 자세, 주어진 일을 성실히 하는 자세이다.

괜히 쪼그라들 필요 없다. 나만의 장점을 보여주고야 말겠어.

5

메모만이 살길이다

내 나이 마흔넷. 전 생애를 봤을 때 아주 많지도 아주 적지도 않은, 살 만큼 산 나이다. 이런 내가 지금 병원에서 혼나고 있다. 당연한 일이다. 재취업에 성공한 지 이제 겨우 한 달쯤이니. 신규였다면, 내가 좀 더 젊었더라면 아마도 머리가 팽팽 돌아서 같은 것을 또 묻는 반복적인 질문을 하는 경우는 더 적었을 것이다. 이놈의 기억력은 잡아두려고 해도 자꾸만 집을 나간다.

어디 이뿐이랴. 머리가 안 좋으면 몸이 고생한다는 말이 있다. 지금 내가 딱 이 상황이다. 몰려드는 환자들 속에 나에게 주어진 간호 시행의 리스트가 여럿 있다. 각자 다른 진단명을 가진 환자들에게 각기 다른 간호 처치가 들어가는데 환자가 여러 명이면 헷갈리기 마련이다. 그래서 확인, 또 확인한다. 아주 예전에는 환자의 침대나 병실 앞에 환자 이름, 진단명, 주치의 이름 등을 써 놓기도 했었다. 지금 생각해 보면 그때는 아마도 실수가 적지 않았을까 싶다. 하지만 지금은 개인정보의 중요성이 강화된 시대이다 보니 환자의 전체 이름을 공개하지 않는다. 물론 진단명도 적지 않는다.

이름표에서는 환자의 이름이 명확하지 않고 가운데 글자는 별표 처리되어 있다. 병실과 환자의 이름표를 확인 후 간호 처치는 이루어진다. 인계들을 때 메모했던 인계장을 들고 하루 종일 간호 일을 한다. 어제는 기침을 많이 한다고 했었는데, 오늘은 증상에 호전이 좀 보이는지. 어제는 설사를 세 번 했었는데, 오늘의 컨디션은 어떤지 환자들의 상태를 살핀다. 어떤 때는 호전이 보이기도 하고, 상태가 더 심해져서 큰 병원으로 전원을 보내기도 한다. 40명에 달하는 환자들의 컨디션을 다 외우기는 힘들다. 나에게는 메모만이 살길이다. 아무리 컴퓨터가 발달한 사회라 할지라도 아직도 종이와 펜이 없어지지 않은 것을 보면 아날로그의 힘은 대단하다.

간호사들이 잘 쓰는 볼펜이 있다. 노랑 고무줄로 검정과 빨강 볼펜을 묶어 놓은 것을 아마도 본 적이 있을 것이다. 불어로 내 친구라는 이름을 가진, 가장 저렴해서 많이 쓰이는 볼펜이다. 얼마나 경제적인지 더 저렴한 리필잉크도 따로 판다. 여러 가지 색이 필요치는 않다. 검정과 빨강, 이 두 개면 어지간한 중요 표시는 거의 다 할 수 있으니.

소아병원에 입원하는 환자를 크게 분류하자면, 호흡기 질환과 소화기 질환, 열 질환으로 나눌 수 있겠다. 호흡기 질환은 기관지염, 모세기관지염, 폐렴 등으로 나뉜다. 소화기 질환은 구토, 설사를 하는 장염으로 나뉜다. 열 질환은 말 그대로 고열의 증상을 보이는 질병이다. 이런 진단명의 질환으로 다양한 증상의 아이들이 입원한다.

오늘도 수십 가지의 일을 처리해야 한다. 지금 나에게 필요한 것은 스피드는 물론이고 종이와 볼펜이다. 기본적인 간호 처치는 이루어지되 추가되거나 변경된 간호 처치 사항을 라벨로 뽑고 메모한다. 근무하고 있는 소아병동은 5층과 6층을 함께 보는데 이놈의 다리가 고생한다. 소아병원의 병동은 메인 병동은 5층이고 6층은 VIP 병동으로 1인실만 있다. 5층에서 인계를 받고 6층에 가는데 깜빡하고 놓고 온 물건이 있으면 다시 5층으로 내려갔다가 6층으로 향한다. 엘리베이터가 없느냐? 그것도 아니다. 6층짜리 건물이라 엘리베이터가 있긴 하다. 하지만 외래 환자들이 많이 이용하고, 소아병원이라서 안전상의 이유로 아주 느려터지게 운행한다. 성격 급한 나는 속 터지게 느린 엘리베이터에 열불을 내는 대신 계단행을 택하게 된다.

에잇, 참! 처음부터 한 번에 다 챙겨갔더라면 헛걸음하지 않아도 될 것을 몸이 두 배로 고생한다. 이런 일이 하루에 한 번뿐이라면 괜찮겠지만, 많게는 하루에 서너 번이나 이렇게 다리를 혹사한다. 퇴근할 때쯤이면 다리가 퉁퉁 붓는 것은 기본 옵션이다.

미션이 주어진다.

기억하자! 기억을 못 하면 종이와 볼펜을 챙겨라!

몸이 기억한다

사람이 경험을 가지면 오랜만에 다시 그것을 하더라도 몸이 기억한다고 한다. 자전거를 한 번 탈 줄 알면 아주 오랜만에 다시 자전거를 타도 금세 다시 탈 수 있는 것과 같다고. 물론 의심병이 가득한 나는 쉽사리 믿지 않았다.

나는 여전히 주사를 잘 놓는다. 다시 출근한 소아병원에서도 주사를 꽤 잘 놓는 편이다. 웬만해서는 겸손한 척을 하는 나지만, 인정할 것은 인정한다. 나 주사 좀 잘 놓는다.

간호사 면허를 받고 처음 취업한 병원은 친정이 있는 천안의 대학병원이었다. 간호 학생일 때 실습병원이기도 했다. 소아청소년과에서 한 달을 일하다가 그토록 원했던 신생아실에 배정받게 되었다. 처음 병원 이력서에 희망 지원 부서를 쓰는 칸이 있었는데 선호 병동은 신생아실이라고 썼고 비선호 병동은 중환자실을 적었었다.

애도 안 낳아 본 내가 신생아실을 이토록 원했던 이유는 실습했을 때 너무 좋은 기억으로 남아서이다. 간호 학생 때는 거의 모든 병원의 간호 부서를 2주 정도씩 실습을 하는데 그중 신생아실이 유독 마음에 들었다. 아픈 환자들 천지인 병원에 있으면 웃을 일이 있기는 하겠지만 기본적으로 아픈 환자를 돌보는 일이다 보니 텐션이 가라앉기 나름이다. 하물며 대학병원에는 질병의 중한 정도가 의원과는 비교도 안 될 정도로 중증이고 환자의 상태는 금세 악화되기 일쑤이다. 중환자실에서 2주간 실습한 적이 있었는데 실습 도중 다음 날 출근해 보니 한 환자가 자리에 없었다. 이유는 여러 가지. 증상이 호전되어 퇴원하거나 일반병실로 내려가는 것. 아니면 사망이다. 병원에서 일하다 보면 인생 뭐 별거 없다고 하는 생각이 들 때가 있다. 사는 게 덧없음을 깨달은 성인군자처럼.

그러다 신생아실 실습을 했는데, 약간 느낌이 신선하다고나 할까. 잊고 있었다. 병원은 출생과 사망이 공존하는 곳이라는 사실을. 갓 태어난 아기를 분만실이나 수술실에서 녹색 포에 싸서 신생아실로 데리고 온다. 일단 흡인하여 입안의 양수를 제거하여 호흡을 더 편안하게 해주면 아기는 더욱 우렁차게 울음을 터트린다. 기본적인 처치가 끝난 아기는 보기만 해도 미소를 머금게 했다. 착각에 빠졌었던 거다. 이런 예쁜 아기들을 계속 보면서 일을 하면 좋을 것 같다는 생각은.

실습 학생들은 정상 신생아실과 신생아 입원실의 아기들만 케어가 가능했다. 신생아 중환자실은 출입조차 못 하던 때였으니. 어른 중환자실 빰을

양쪽으로 때리는 것과 같은 난이도인 신생아 중환자실의 존재를 알았더라면 내가 신생아실에 지원하는 일은 절대 없었을 것이다. 무식하면 용감하다고 감히 나는 중환자실 중에서 신생아 중환자실을 지원했던 거다.

결혼하기 전까지 5년쯤 근무하면서 얻은 기술 중의 하나가 정맥주사 기술이다. 일반인들이 흔히 말하는 혈관주사를 나는 꽤 잘 놓는 편이다. 어른들은 혈관이 좀 굵은 편이다. 주삿바늘 크기에 비하면. 물론 아주 혈관이 얇아서 잘 터지는 때도 있지만 웬만하면 거의 한 번에 들어가는 경우가 많다.

내 기준으로 보면 어른의 혈관보다 신생아의 정맥주사는 그 난도가 조금 더 높다. 생각보다 갓 태어난 신생아들은 주사 놓기가 수월하다. 조금 마른 편인 데다가 한 번도 주사를 맞아보지 않아서 마치 깨끗한 눈밭을 밟는 기분이라고 할 수 있겠다. 물론 장기 입원하는 아기들은 나중에 주사 놓을 혈관이 없기는 하다.

소아과는 요즘 다들 소아청소년과라고 하는데 신생아부터 미성년자까지 전부 진료가 가능하다. 이 중에서 혈관주사를 놓는 대상 중 가장 최상의 난이도를 가진 아이는 돌쟁이 정도부터 두 돌까지의 어린아이들이다. 포동포동 젖살이 올라서 온몸이 살로 뒤덮인 소시지 같은 팔을 가진 아이들 말이다. 혈관이 살에 파묻혀서 도대체가 어디에 혈관이 있는지 잘 만져지지도 않을 때가 많다. 거기다가 힘은 얼마나 센지 주사를 맞지 않겠다고 발버둥을 치니 간호사 혼자서 주사를 놓기는 여간 힘든 일이 아니다. 주사를 안 맞겠다고 필사적으로 초인적인 힘을 내는 아이를 움직이지 않게 고정하는 일은 만만치가 않다. 퇴근할 즈음에는 아주 높은 산에 올라갔다가 내려온 것 같은 기분이 든다. 여기저기 근육이 쑤시곤 하니까.

이 글을 읽는 독자들도 안 믿으실 수도 있겠지만 죽기 살기로 주사를 안 맞겠다고 버둥대는 아이의 힘은 어른 서넛이 감당하기에도 초인적이다. 이런 오동통한 살이 오른 귀여운 힘센 아이들을 나는 매일 울리고 있다. 물론 치료 목적으로 주사를 놓기 위한 합법적인 이유로 말이다. 주사를 놓겠다는 나, 주사를 안 맞겠다고 기를 쓰는 아이. 둘이 씨름하면 결국에는 당연히 내가 승리한다.

이렇게 그동안 갈고닦은 실력으로 경력이음에 성공했고 출근 첫날부터 10명의 아이 중 9명의 주사를 한 번에 성공했다. 오직 1명의 아이만이 나에게 두 번 찔림을 당했다. 사람에게 매일 100% 성공은 힘든 일이다. (다 한 번에 해 주고 싶었는데 잘 안되었어요. 미안해~) 많이 잊어먹은 줄 알았던 간호 기술이 다시 빛을 보는 순간이다. 앞으로도 잘할 수 있겠다는 자신감과 함께.

7

내 새끼도 아프다

내 새끼도 아프다. 소아병원의 아픈 아이들을 볼 때면 마음이 짠할 때가 한두 번이 아니다. 열이 펄펄 나서 경련을 일으킬 것 같을 때, 코가 막혀서 숨을 쉬기 힘들 때, 먹지 못하고 계속해서 구토하거나 설사하는 경우가 있다. 물론 대학병원의 그것과는 비교가 안 되겠지만. 이렇듯 아픈 환아들을 바라보고 있노라면, 엄마인 간호사는 가슴 한쪽이 저려온다. 내가 다니는 병원에 내 새끼가 입원한다면. 거참, 힘든 일이다. 내 새끼가 아프다.

이게 무슨 일이람. 출근한 지 겨우 하루 되었는데 내일이 데이근무인데. 나는 다음날 출근을 망설이고 있다. 밤새 1호가 40도가 넘는 열이 나고 있다. 아무 증상 없이 열만 난다. 집에서 할 수 있는 것은 해열제 교차 복용뿐. 이렇게 열과의 전쟁을 치르다가 아침이 밝아왔다. 3교대 특성상 근무를 바꾸는 것은 쉽지 않다. 더군다나 나는 출근한 지 이제 하루 된 간호사다. 자칫하여 퇴사하라고 하면 어쩌나. 별걱정을 다 하다가 남편이 늦게 출근하기로 하고 아침에 병원 진료를 보기로 했다. 일단 나는 데이근무에 정상적으로 출근했다. 내가 다니는 소아병원의 가장 빠른 진료 시간인 9시에 아이의 외래 예약을 잡는다. 직원들에게 부탁하여 근무 중 아이 진료를 보는데 독감 확진이란다. 계속 고열이 지속되어 두통까지 온 상태로 입원 치료를 권유했다. 너무나 눈치가 보이는 상황이다. 출근한 지 겨우 하루 된 간호사의 애가 입원을 한다는 것. 신규직원이 병원을 계속해서 잘 다닐지도 알 수 없는데 첫 월급도 주지 않은 간호사에게 직원 할인이라는 병원비 할인까지 해줘야 한다.

일단 1인실에 아이를 입원시키고 나는 일을 하면서 아이를 보고 있다. 다행히 아이는 혼자서 밥도 잘 먹고 게임을 무한으로 할 수 있어 좋아하는 것 같다. 아이는 열나는 것 빼고는 지상낙원이란다. 나는 내 병원에서 계속 일을 하고 아이는 내 병원에 입원해 있다. 주기적으로 병실 청소를 해주시는 여사님들의 수군거림이 들려온다.

"저 집 아이는 엄마가 없나 봐."

병실에 갈 때마다 사복 입은 엄마의 계속된 부재에 청소 여사님들이 너무 걱정되었나 보다. 혼자 밥 먹고 혼자 약 먹고 호흡기 치료하는 아이가 엄마도 없이 잘 해내는 모습이 보기에 딱하고 불쌍하셨나 보다. 제복 입은 엄마가 계속 들락거리면서 밥 먹어라, 약 먹어라, 호흡기 치료해야 한다고 말하는 것을 결코 알아채지 못하셨을 테니까. 보호자로 아빠만 있는 경우는 왠지 불안한 때도 있다. 아이를 알뜰히 챙기는 아빠도 있겠지만, 우리 집의 경우는 그렇지 않아 보이는 것은 느낌인 걸까.

내 아이가 내가 다니는 병원에 입원하는 경우, 이 기가 막힌 상황이 출근한 지 둘째 날에 연출되었다. 이 모습은 흡사 기숙사에 사는 고등학생의 모습과 별반 다르지 않아 보인다. 기숙사에 사는 학생들은 학교와 기숙사만의 두 공간에만 있는 것이니.

오늘은 데이근무다. 우리 병원은 아침 7시에 아침 식사가 나온다. 아이와 함께 아침 밥을 먹는다. 아이는 환자식을, 나는 보호자식을. 밥을 먹고 병실 안에서 출근 준비를 한다. 곱게 화장하고 간호사복을 입고 머리카락을 머리망 속에 구겨 넣고 깔끔하게 정리한다. 마스크를 쓴 채 가볍게 병실 문을 살짝 열고 발을 한 발짝 내디디면 10초 안에, 간호사실에 도착한다. 완전 초스피드 출근이다. 내 새끼가 입원하면 좋은 점도 있구나.

초스피드 출근을 하면 바로 업무에 임한다. 인계받고 입원환자를 간호하는 것이 나의 임무인데 내 아이를 간호하는 것까지 포함된다. 일을 하면서 동시에 내 아이를 돌보는 상황. 이것은 직원에게만 허락되는 혜택일 것이다. 근무 중에 약을 먹으라고 챙겨줄 수가 있고 근무 중에 아이의 컨디션을 체크할 수 있다. 물론 나에게 주어진 일들이 있기에 아이와 놀아주거나 계속 함께 있어 주지는 못하지만.

소아병원에 근무하는 것이 힘들기는 하다. 하지만 어떠한 방법이든 간에 내 아이를 지킬 수도 있는 길이기에 일을 할 수 있음에 감사한다. 발등에

불 떨어지는 상황이 계속 반복되겠지만 병원은 계속 다닐만할 것 같다. 그리고 병원에 입원한 환자와 보호자들의 입장을 직접 겪어보니 좀 더 진실되고 마음 따뜻한 간호사가 되어야겠다는 생각도 살짝 해본다.

아이가 아프다는 것은 내 몸의 일부가 아픈 것처럼 느낀다고 한다. 특히 부모 중 엄마는 더욱이. 내 몸에서 나온 나의 일부였으니. 언제나 진심은 통하기 마련이니 일단 내 마음을 다스려서 온화한 기운이 나를 감싸도록 해야겠다.

8

용돈 많이 주는 엄마가 최고!

전업주부로 오랫동안 지내다가 다시 일을 시작하니 좋은 점도 있다. 아주 넉넉하지는 않지만, 아이들 용돈을 조금은 더 준다는 거다. 물론, 이건 나보다는 1호와 2호에게 더 좋은 거라 할 수 있겠지만. 맞벌이 부부들은 아이에게 미안한 감정으로 돈을 더 쓰는 경향이 있다는 말을 들었다. 함께 해주지 못하는 시간에 대한 미안한 마음을 담아서. 나에게는 해당 없는 내용인 줄 알았는데. 세상에 나에게 일어나지 않는 보통의 일은 없는 것 같다. 나 또한 평범한 인간이기에.

3교대 근무 간호사인 나는 근무표 조정이 쉽지 않다. 내가 근무를 바꾸고 싶으면 다른 사람의 근무를 대신해야 하는 경우이다. 그래서 한 달 전미리 근무 신청을 하는 것이 아주 중요하겠다. 나는 이브닝이나 나이트근무인데 남편의 갑작스러운 출장이 잡힐 때가 있다. 으레 출장은 꼭 1박 이상을 하고 오는 일정이다. 그러면 애는 누가 보나. 느닷없는 출장 때마다 근무를 바꿀 수는 없는 일이다.

재취업 전, 내내 전업주부였던 나는 나름 살뜰히 아이들을 잘 챙겨왔다. 그런 내가 있기에 남편은 온갖 늦은 약속과 회식에 빠지지 않고 참석할 수 있었다. 하지만 이제는 상황이 달라졌다. 아내가 일을 하니 더구나 3교대를 하고 있으니 이브닝근무 때는 아이들 밥을 챙겨줘야 하고 나이트근무 때도 식사 준비는 대부분 도맡아야 하는 상황이 된 것이다. 이런 상황인데 갑자기 남편이 출장을 가버리면 애는 누가 보라는 말인가.

처음에는 이런 상황에 너무 당황해서 어쩌나 걱정을 너무 많이 했다. 남편하고 둘이 골똘히 고민하고 이 상황을 어찌 헤쳐가야 하나 생각하는데 의외로 답은 간단했다. 아이들의 한마디로 상황 종료다.

"나가서 사 먹을게요."

헐~ 답이 너무 간단하잖아. 그래. 너희들 이제 많이 컸구나. 이제 사 먹을 수도 있고 말이야. 내가 아이들을 너무 집에서만 키우다 보니 스스로 저녁 사 먹을 기회를 줄 틈이 없었던 거다. 이렇게 많이 컸다니. 메뉴는 너무 다양했다. 스텔라 떡볶이, 미소야 돈가스, 짜장면, 스파게티, 피자 등등.

엄마와 아빠의 빈자리를 메워줄 수 있는 것들이 있음에 감사한다. 식사를 해결할 수만 있다면 무엇이든 오케이다. 일단 굶는 것은 아니니까. 엄마들은 아이의 밥에 집착한다더니 내가 바로 그런 지경이다. 다른 맞벌이 집의 아이들도 나와 상황이 다르지는 않겠지?

"애들아~ 용돈을 더 받으니까 좋니? 엄마도 좋단다."

벌써 아이들은 돈이 좋다는 사실을 아는 나이가 되었다. 돈을 더 벌면 아이에게 용돈을 더 줄 수 있다. 용돈을 많이 주는 엄마가 최고라고 한다. 혹여라도 일하느라고 사랑을 부족하게 주지는 않으리라 다짐해 본다. 사랑도 많이 주는 엄마가 최고라는 말을 듣고 싶다.

고슴도치처럼 거리두기

다시 경력이음 간호사로 지낸 지 두어 달이 지난 어느 날이다. 못내 마음이 불편한 채로 출근하는 날이 잦아들 즈음이었다. 애들은 잘 지내는 건지, 혹시 무슨 일이 있지는 않은지. 다시 출근하는 나의 이 모든 걱정을 덜어줄 방법이 생겼으니, 그건 바로 홈 카메라 설치다. 워킹맘에게 이것저것 좋다는 지인의 권유로 로켓의 속도로 배송을 해 준다는 업체에 주문을 해버렸다.

말이 좋아 홈 카메라지 집에 CCTV를 달아서 애들을 보호관찰이라는 명목하에 감시하는 거다. 물론 카메라 설치 전 가족들에게, 특히 사춘기인 1호와 2호에게 카메라의 설치 목적과 사생활 침해에 관해 설명해야 했다. 이건 감시라기보다는 부모로서 보호관찰을 위한 수단으로 사용하는 것이라고. 사생활 침해가 명백히 맞는 것이지만 꼭 필요하니 설치에 동의해 달라고 말이다. 아~ 아이들이 많이 컸으니 배려해야 하는데 이런 말을 하는 것이 살짝 귀찮다는 생각이 드는 이유는 무엇일까. 어찌저찌하여 이렇게 우리 집에 펭귄 모양의 홈 카메라가 자리 잡았다. 설치는 간단했고 휴대전화로 집안을 들여다볼 수 있었다. 요즘 세상 참 좋구나.

근무하다가 짬이 날 때도 있다. 그럴 때면 아이들이 생각난다. 가끔 펭귄 카메라로 집안을 응시해 본다. 마치 무인 마트 사장님이 본인의 가게를 관찰하는 모양새와 별반 다르지 않을 것이다. 걱정과 불안으로 슬며시 들여다보는 카메라 속 아이들은 너무나 평온하게 게임을 하고 있다. 간식을 먹고 텔레비전을 보며 자기들끼리 평온한 시간을 보내고 있다. 공부를 좀 더 했으면 좋으련만. 이건 내 욕심이겠지. 별일 없이 잘 지내주는 것만으로도 감사할 따름이다.

사춘기 때는 부모와의 약간의 거리두기가 도움이 된다더니. 요 녀석들 엄마의 빈자리를 즐기고 있는 게 아닌가. 하교 후에 미리 깎아놓은 냉장고 속 과일을 먹고 집 공부를 하고 있으라는 쪽지를 써놓았다. 사랑한다는 하트와 함께. 하지만 카메라 속으로 보이는 우리 집의 풍경에서 나의 상상과는 다른 모습이 펼쳐지고 있었다. 2호가 먼저 집에 도착한다. 하교 후 책가방을 던지고 TV 리모컨을 집어 들더니 손에서 놓을 기미가 안 보인다. 그 와중에 1호가 나중에 도착해서는 음료수와 함께 과자를 꺼내더니 파티를 시작한다. 분명히 가장 잘 보이는 곳에 포스트잇으로 쪽지를 남겼건만 엄마의 당부는 이미 잊은 지 오래다. 이렇게 아이들이 나와 떨어져 지내면 잘 지낼까를 걱정했던 건 기우에 불과했다. 오로지 나만의 착각이었다. 이렇게 아이들은 나와의 적당한 빈틈을 즐기고 있었다.

그럼 나는 어떤가? 솔직히 말하자면 나 또한 아이들이 없는 빈자리를 즐긴다. 특히 오후 2시부터 10시까지 근무인 이브닝근무 때가 더욱 그렇다. 아침부터 몹시 친절한 엄마인 나는 아이들을 살뜰히 챙겨 학교에 보낸다. 혼내거나 화내는 것은 절대로 없다. 그러면 서로가 기분이 상하게 되니 출근해서까지 기분이 찜찜해진다. 아침 8시면 남편은 이미 출근을 한 후다. 아이들이 지각하지 않도록 잘 챙겨서 보낼 준비를 한다. 무선주전자에 물을 끓이면서 속으로 주문을 건다.

"얼른 학교 가거라. 엄마는 너희를 보내놓고 출근하기 전 오전 시간은 오롯이 혼자만의 시간으로 보내고 싶단 말이지."

아무도 없는 조용한 빈집.

벌써 무선주전자의 물은 100도를 넘고 동그란 물방울들이 난리나게 얽혀있다. 이제 나만의 시간이 시작된 것이다. 혼자서 마시는 커피 한 잔의 여유는 하루의 잠깐이지만 그로 인한 만족감은 나를 딱 기분 좋게 만들어 준다. 아~ 자유다. 딱 이 시간, 바로 내가 즐기는 시간이다. 한 달에 며칠 나에게 주어진 이 틈을 나도 즐긴다. 혼자서 할 일이 많다. 운동도 하고, 책도 보고, 글도 써야 한다.

우리는 각자 자신의 삶을 열심히 살아가고 있다. 가족이라는 이유로 교집합이 아주 크다는 공통점이 있다. 아이러니하게도 서로를 사랑하지만 가끔은 혼자 있고 싶은 마음도 있다. 이건 아이들에게는 비밀이다.

얘들아~ 너희들도 혼자 있고 싶은 마음이 많아서 자꾸 방문을 닫잖아.

엄마도 가끔 혼자 있고 싶을 때가 있어. 가끔은 고슴도치처럼 지내자. 휴식이 필요한 고슴도치처럼.

10

집안일 좀 나눠서 합시다

세상에서 가장 힘든 일 중의 하나는 해도 해도 끝이 나지 않는 일인 것 같다. 아무리 노력해도 서른 평쯤의 우리 집 공간은 깔끔이라는 단어는 어디 붙이려야 붙일 수가 없다. 손흥민의 축구장에는 축구공이 굴러가겠지만 우리 집의 거실에는 먼지 구덩이가 굴러다닌다. 얘는 자꾸 생기고 자꾸 생겨서 반려 공인 듯싶다. 특히 문 뒤쪽에 동그랗게 뭉쳐져 있는 꼴이 가끔은 귀여울 때도 있다. 집안일하는 주부가 이런 생각을 하다니. 친정엄마가 아시면 불호령을 내리실 것이 분명하다.

나름 전업주부로 지내던 때에는 한겨울에도 이틀에 한 번은 창문을 활짝 열어 환기하고 청소를 하곤 했다. 3교대 간호사를 하면서 간호학원에서 시간강사까지 하다 보니 정말 시간이 너무 없긴 하다. 이렇게라도 핑계를 대본다. 병원 쉬는 날에 강의를 나가야 하니 약간 과로하고 있긴 하다고. 가족들에게 너무 미안하기는 하지만 집안일에 열과 성의를 다하지는 못하겠다. 나도 살아야겠다.

스마트한 주부인 나는 일단 만만한 아이들을 집안일의 일꾼으로 투입한다. 집안일하는 아이들이 똑똑하다는 어디서 들은 말을 적용 중이다. 살림을 열심히 할 수 없는 너무 바쁜 엄마이기에. 예전에는 빨래를 걷는다면 아이들이 할 수 있는 일은 수건을 접는 정도였다. 지금은 건조기에서 나온 모든 빨래를 전부 다 접어서 엄마가 손을 댈 일이 없게 접을 수 있다. 물론 세상에 공짜는 없다. 이 또한 용돈과 게임 시간 추가 등의 은밀한 거래가 성사된 후에나 가능하다.

또한 식사 준비를 할 때면 아이들은 수저를 놓는 정도였다. 하지만 지금은 수저 놓기는 기본이고 반찬통을 냉장고에서 꺼내어 뚜껑을 열어두고 물컵까지 갖다 놓는다. 어디 이뿐이랴, 식사가 끝나면 다시 반찬통의 뚜껑을 덮어서 냉장고에 갖다 두고 사용했던 밥그릇과 국그릇의 남은 잔반을 정리한 후 설거지통에 담가 놓는다. 식탁을 물티슈로 말끔히 닦아두는 것까지가 정리 끝이다. 주부로서 최소한의 양심은 있는 나는 애벌 설거지는 직접하고 있다. 물론 이 또한 식기세척기로 직행한다. 이번 겨울방학에는 아이들에게 설거지까지 기대해 볼까 한다. 만약에 엄마가 아파서 쓰러지기라도 한다면 스스로 할 줄 알아야 한다는 억지 핑계를 그럴듯하게 대어 보면서.

우리 집에서 집안일하는 일꾼은 한 명 더 남았다. 그가 나의 레이더망에 걸렸다. 그런데 그는 아이들과는 다르다. 아이들은 집안일을 시키거나 부탁해서 하는 거라면 그는 자발적이다. 그에 대해서 자세히 이야기를 해보겠다.

남편은 내가 3교대 근무를 하는 것에 대해 미안해한다. 자고로 가장이란 본인이 혼자 해야 한다고 생각하는 고지식한 남자다. 토요일인 오늘 아침 마지막 나이트근무를 마친 나를 데리러 와주었다. 만사가 귀찮을 때는 천국에서 김밥 4줄을 사 먹기도 한다. 아주 간편하고 든든하기에.

나이트근무를 끝낸 주말에는 깊은 잠을 잘 수가 없다. 아이들의 조잘거림과 남편의 뚝딱거림이 있으므로. 얼마의 시간이 흘렀을까. 오늘따라 도대체 무엇을 하는지 궁금하여 무거운 몸을 일으켜 나가본다. 내일도 쉬는 날이니 계속 자는 것은 시간이 너무 아깝다. 가족들이 다 깨어있는 주말에 말이다. 고등어조림을 한단다. 기가 막힌다. 예전에는 소파에 누워서 숨만 쉬며 지내던 남자. 그가 내 남편이었는데. 지금 뭐 하시는 건가요? 본인도 쑥스러운지 싱긋 웃고는 만다. 생선조림을 좋아하는 1호를 위해 만드는 중이란다. 나는 워낙에 안 가리고 다 잘 먹는 타입이니까.

세상이 변하려고 하는 건가. 자다 깼는데 어안이 벙벙하다. 이따가 본인은 친구들 모임에 가야 한단다. 그럼 그렇지. 모임에 나가서 술을 마시고 싶은데 나이트근무를 끝낸 피곤한 아내는 체력이 바닥나서 자고 있다. 현명한 남편은 반찬을 만드는 중이다. 남편의 마음을 파악한 나는 남편의 약속을 흔쾌히 허락했다. 주말에 온 식구가 같이 있고 싶은 마음도 있다. 하지만 이렇게 요리까지 해 놓은 남편이다. 나가고 싶어 하는 그 마음을 헤아려줄 줄 아는 현명한 아내로 남고 싶다. 기분이 좋아진 남편은 생선구이를 좋아하는

2호를 위해 생선도 마저 굽는단다. 이따가 데워먹기만 하면 된다고.

다시 워킹맘이 된 나는 전업주부로 지내던 때보다 더 바빠졌다. 자연스레 살림에서 손을 덜, 아주 아주 살짝 덜 신경을 쓰는 중이다. 반면에 손에 물 한 방울 안 묻히던 그는 퇴근 후 손에 물 마를 날이 없다. 두 달에 한 번 남편 친구들의 모임이 있다. 거기에 가고 싶기는 한데 나이트근무를 하고 와서 너무 피곤해 곤히 잠든 아내를 깨울 수는 없고. 생각해 낸 묘책이 반찬 만들기라니. 다시 한번 생각해도 너무 웃긴다. 유튜브를 찾아보고서 흉내를 낸 거라는데 그 모양 또한 생선조림의 모양으로 완벽하다. 오늘도 또 이렇게 한바탕 웃음으로 피로를 쫓아본다. 참 오래 살고 볼 일이다. 내가 살면서 남편이 만들어준 생선조림을 먹어볼 줄이야. 진짜 인생은 오래 살고 봐야겠다. 앞으로의 행보가 더 기대되는 남편이다.

내가 집안일을 수월하게 하는 방법은 이뿐만이 아니다. 출근하는 엄마이다 보니 포기하는 것들이 몇 가지가 있다. 식사할 때 반찬을 예쁜 그릇에 담아서 먹는 것은 나 같은 워킹맘에게는 사치다. 그저 잘 먹고 있다는 것에 안도한다. 그리고 너무 바쁘면 건조기에서 꺼낸 빨래들은 거실에 널브러뜨려 놓는다. 그러면 급한 사람이 꺼내서 입는 것이다. 오늘도 아이들은 거실에 쌓인 빨래 무덤에서 적당히 식은 옷을 꺼내서 입고 학교에 갔다.

병원에서 간호사로서, 간호학원에서 강사로서, 집안에서 살림하는 엄마의 모습까지 이 모든 것을 완벽하게 하려고 하면 나는 번아웃이 올 것이다.

돈을 버는 일은 완벽하게 일을 하려고 해야 한다. 집안일은 가족 구성원들이 좀 도우면서 하는 것이 바람직하겠다는 결론을 내본다.

남편은 갑자기 내가 3교대 간호사를 한다고 하니 처음에는 힘들어하다가 지금은 적응을 잘하고 있다. 언제나 집안일은 뒷전이고 바깥일에만 집중하던 사람이었는데. 특히 내가 이브닝근무일 때는 아이들 먹거리를 잘 챙겨주는 편이다. 다 이렇게 사는 거다. 엄마의 빈자리가 느껴질 때는 아빠가 채워주면 되는 거다.

우리 가정은 이렇게 잘 지내고 있다.

11

너 없이는 살 수가 없어

노란색과 녹색의 작은 비닐에 감싸져 있는 달콤한 설탕과 뽀얀 가루의 크림, 그리고 갈색의 커피 가루. 그리고 여기에 아주 잘 어울리는 뜨거운 물 반 잔쯤. 이 둘이 같이 껴안으면서 회오리를 치는 모습은 보기만 해도 침이 꼴까닥 넘어가며 나를 설레게 한다.

내 너와 이별을 고하려 여러 차례 고민했지만 매일은 아니더라도 가끔은 입을 맞추리라 약속한다. 특히 내가 너를 찾는 때는 데이근무를 할 때다. 어마어마한 환자들의 퇴원리스트와 간호 처치 리스트 그리고 다가오는 입원환자들의 명단. 전부 다 데이근무 시간에 마무리해 줘야 하는 일이다. 어차피 출근한 이상 끝내야 하는 일이라면 기분 좋게 임하는 것이 프로의 자세이다. 그리하여 데이근무를 하는 날이면 매일 같이 나는 너를 찾는다.

커피믹스! 어느 천재가 발명한 것인지 가히 노벨상급이라 생각한다. 뜨거운 물만을 넣고서 이런 훌륭한 맛을 구현해 낼 수가 있을까? 집밥도 이렇게 물만 부어서 먹는 다양한 요리가 있다면 나는 매일 주문을 할 것 같다. 내가 마시는 커피가 만약에 드립커피 같은 것이었다면 진작에 커피 중독이라는 말은 나에게 없었을지도 모른다. 필터에 간 원두를 넣고 물을 슬슬 부으며 커피가 부풀어 오르기를 기다렸다가 한 방울씩 커피 방울이 떨어지는 그 광경을 보기에는 병원에서 간호사로 근무하는 나는 속이 터져 기다릴 수 없을 것이니.

모든 근무의 시간에는 약간의 틈이 어디에나 있는 법이다. 데이근무를 하기 전 나는 약간 일찍 출근하는 편이다. 워낙에 늦는 걸 싫어하고 나의 시간이 소중하듯 다른 사람의 시간도 중요하다는 것을 잘 알고 있으므로. 본격적인 업무의 시작 전에 개인 머그잔에 커피믹스 스틱 하나를 준비하여 홀짝거린다. 가끔은 일하려고가 아니라 커피믹스 한 잔을 마시려고 출근하는 것도 같다. 결코 그건 아니라고 부정하지는 않겠다.

오늘도 바쁜 하루가 될 것이다. 시간은 언제나 같은 속도로 흐르겠지만 데이근무 때는 시간이 너무 빨리 지나가서 시간의 발자국을 붙잡고 싶을 때도 있다. 카페인과 당 충전을 한 상태로 나는 이미 기분 좋은 상태이다. 이제 환자들에게 가봐야겠다. 빠른 걸음은 덤이다.

소아청소년과에서 가장 중요하게 생각하는 것으로 하루 종일 내가 가장 많이 하는 말이 있다.

"열 한번 잴까요?"

소아청소년과에서는 열 나는 환자들이 너무나 많다. 실제로 나의 간호업무 중에 상당한 부분을 차지하는 부분이 해열 간호이다. 열이 나는 데에는 원인이 여러 가지가 있다. 내 몸에 해로운 병원균과 바이러스 등의 침입으로 발열 작용이 생길 수 있다. 우리 몸의 폐부분에 병원균과 바이러스가 침입했다면 폐렴일 것이다. 장에 병원균과 바이러스가 침입했다면 장염일 것이다. 열이 난다는 것은 내 몸이 병원균과 세균을 무찌르는 과정 중의 증상으로 발현된다. 그런데 고열이 지속된다는 것은 환자에게 해로울 수 있다. 고열이 지속되면 우리 몸의 심방 박동은 빨라지고, 호흡수도 올라간다. 산소 소모량이 많아지는 것인데 지속된 고열은 체력적으로 지칠 수 있다. 특히 소아의 경우 고열이 열성 경련으로 발전되면 뇌 손상이 올 수도 있다. 그리하여 고열 환아는 열을 떨어뜨리는 것이 급선무다. 대부분의 먹는 약은 맛이 쓰다. 하지만 먹는 해열제가 시럽형 액상인 경우는 그 맛이 달콤한 경우가 많아 아이들이 잘 먹는다. 설탕 시럽과 약 성분이 섞였다고 보면 된다. 그래서 꼭 흔들어서 복용해야 한다. 얼마나 중요한 약이기에, 얼마나 꼭 먹어야 하는 약이기에 이토록 아이들이 잘 먹을 수 있는 형태로 만들었을까. 해열 시럽은 뚜껑을 열면서부터 그 특유의 달콤한 냄새로 흡사 불량식품을 연상케 한다. 오늘도 나는 입원한 환자들에게 다가간다.

"열 나는 아이들아, 조금만 기다려라. 불 끄는 소방관처럼 너희들의 열은 내가 내리러 간다. 해열제와 해열 주사, 해열패치. 일단 그거면 될 것 같다."

(걸음 둘)

간호사실에서 살아남기

시간을 소중하게 생각하고 약속을 잘 지키는 성숙
한 어른을 좋아한다. 나의 간호를 받는 이들에게
최선을 다하리라 다짐하고 출근한다. 모두를 만족
시킬 수는 없겠지만 최소한 불만 사항은 없는 간호
를 제공하도록 노력해야겠다.

일찍 출근하는 이유

아침부터 부산스럽다. 매일 교복 같은 옷을 입고 출근하면서도 정신이 없다. 패션 감각은 어디에 뒀나 실종되어 버린 지 한참이다. 교복 다음에는 제복이다.

나는 모든 근무시간에 일찍 출근한다. 최소한 10분에서 20분 정도 일찍. 아무리 차가 막히고 눈이 많이 와도 늦는 법이라고는 없다. 심지어 출근길에 교통사고가 났는데 사고 처리를 하고 출근했는데도 제시간에 출근했다. 이 정도면 지각에 대해서 결벽증이 있는 정도라고 하겠다.

첫차를 사고서 붙였던 초보운전 스티커가 아직도 그대로 있다. 한 번의 자동차 사고 후 겁쟁이가 된 나는 6년째 초보운전 딱지를 떼지 않고 있다. 이제는 스티커를 제거한다 하더라도 차에는 빛바랜 흔적이 남을 것이 분명하다. 공무원이시던 아버지의 영향도 있었을 터이니. 언제나 남에게 피해를 주지 말라는 신조가 내 안에도 이미 뿌리를 내렸을 것이다. 3교대 근무 중인 내가 지각을 한다는 것은 나로 인해 누군가는 퇴근이 늦을 수도 있다는 뜻이다. 다른 사람의 시간을 빼앗는다는 것은 정말이지 싫다. 그만큼 내 시간도 중요하다는 거겠다.

이렇게 남들보다 조금 더 일찍 출근해서 얻는 것이 있나? 글쎄, 그저 아주 조금 여유를 가지는 거겠다. 살다 보면 헐레벌떡 칼출근을 하는 때도 있다. 그러면 인수인계를 급하게 받느라고 업무에 실수가 있을 수도 있다. 일단 여유롭게 출근하면 마음이 안정된 상태로 업무에 임할 수 있다. 그리고 내가 사랑하는 커피믹스를 느긋하게 마실 수 있다. 커피 마시는 시간이야 5분 남짓이면 되겠지만 이 여유로운 시간을 즐기는 것은 이른 출근 덕분이다. 아직 인수인계 전이니 조금 일찍 출근한 나를 방해할 동료는 없다. 커피믹스를 마시며 여유롭게 어슬렁거리면 같은 근무의 동료가 출근한다. 이미 내 몸에 퍼진 약간의 카페인으로 기분이 좋아진 나는 오랜만에 만난 동료의 안부까지 물을 여유로움이 생긴다. 이것이 내가 일찍 출근하는 이유이다. 일찍 출근한다고 해서 월급을 더 주는 것은 아니다. 하지만 고작 일이십 분 일찍 출근하는 것으로 내게는 얻을 수 있는 것이 이토록 많다.

오늘도 살짝 일찍 출근 준비를 해본다. 간당간당한 칼출근은 나에게는 없을 것이다. 출근 시간 엄수도 중요하겠지만 칼퇴근은 언제나 오케이다. 얼마든지.

시간 약속은 언제나 중요하다. 모두에게 그렇겠지만 특히 병원에서 근무하는 간호사에게는 더욱 그러하다. 간호사가 하는 일의 대부분은 시간 약속이라고 보면 된다. 일단 출근시간 엄수부터 예외는 아니다. 누군가의 지각이 누군가의 늦은 퇴근으로 이어지는 상황이니 지각을 한다는 것은 미운털이 콕 박힐 수밖에 없는 상황이겠다.

흔히 입원하면 여러 검사를 많이 하는데 간호사가 주사기로 하는 검사 중에 항생제 반응검사가 있다. 한 번이라도 입원해 본 적이 있다면 아는 검사일 것이다. 팔 안쪽 부분에 주사를 놓고 검정 볼펜으로 동그라미 표시를 하는 검사다. 생각하시는 그거 맞다. 항생제 반응검사는 피내주사라는 방법으로 피부에 약간의 약물을 주입하여 일부러 물집이 생기게 하는 만드는 방법으로 항생제에 거부 반응이 생기는지를 검사하는 주사 방법이다. 약물 주입 후 딱 15분 후에 관찰해야 한다. 여러 가지 일을 동시에 하는 우리는 셰프도 아니면서 수시로 타이머를 맞춘다. 만약에 15분이 지나고 30분이나 1시간이 흘렀다면 그때의 결과는 의미를 두지 않는다.

약물 복용 시간, 주사 투약 시간, 열 재는 시간처럼 우리에게는 시간마다 해야 하는 일들이 존재한다. 시간이 남으니 미리 해둘 수도 없고 바쁘니까 이따 해야겠다고 할 수도 없는 일이 있다.

나의 또 다른 직업은 간호학원의 시간강사이다. 주 1~2회 강의를 하는데 이 역시 시간 약속이 중요하다. 강사로서 개인적인 나의 소견은 쉬는 시간은 지키자는 것이다. 아무리 중요한 내용이고 국가고시에 기출 될 것 같은 내용이라 할지라도 쉬는 시간까지 강사의 설명이 이어지면 집중도는 훅 떨어질 것이다. 그리고 강사인 나도 좀 쉬어야 하지 않겠나. 수업 시간 50분 사이에 겨우 쉬는 시간은 10분이다. 강의는 수업 시간 안에만 하는 것이다. 그리고 센스있는 강사라면 4교시 연속강의를 들어야 하는 학생들의 피로도를 조절할 수 있어야 한다.

그리고 강사에게나 간호사에게 가장 중요한 것은 늦지 않게 출근하는 것이다. 내가 근무를 펑크내면 이전 근무를 하던 동료들은 퇴근할 수가 없다. 학생에게는 지각, 조퇴, 외출, 결석이 허용되지만 강사에게 적용되는 것은 아무것도 없다. 갑작스러운 일정 변경은 최소한 전날 조율해야 한다. 강사가 없으면 그 수업은 진행이 안 되기에.

누구에게나 동일하게 적용되는 24시간이다. 내 시간이 소중하다면 남의 시간도 소중한 법. 시간을 소중하게 생각하고 약속을 잘 지키는 성숙한 어른을 나는 좋아한다. 일단 내가 그런 어른이 되어본다.

간호사는 아프면 안 된다

간호사라고 안 아플 수 있을까. 하지만 근무 중에는 아프면 안 된다. 가벼운 두통이나 생리통이 생길 때는 진통제를 입에 털어 넣고 근무를 지속한다. 출근했으면 응급상황이 아닌 이상 중간에 외출, 조퇴 등은 거의 허락되지 않는 경우가 대부분이다. 처음 간호사가 되어 출근했을 때 선배 간호사들의 진심 어린 조언이 있었다. 시간 엄수와 자기관리 잘하기. 특히 출근 시간 엄수에 관한 이야기는 귀에 딱지가 앉도록 들었다. 자기관리라는 것은 내 몸은 내가 알아서 지켜야 한다는 것이다. 아프지 않도록 내가 내 몸의 건강관리를 잘하기. 이 두 가지는 환자를 간호하는 간호사의 기본 역량이라 할 수 있겠다.

혹여 갑작스러운 일이 생기면 반드시 수간호사에게 보고하여야 한다. 수간호사에게 직접적으로 전화를 하는 경우는 보통의 경우 응급이다. 개인 휴대전화로 같은 부서의 간호사로부터 전화가 오면 수간호사는 으레 근무표를 꺼내 든다. 아직 이야기를 듣기도 전인데 말이다. 수간호사에게 직접 전화를 거는 일은 흔하지 않다. 무슨 일이 생겼으리라 으레 짐작할 뿐.

나도 역시 올 초에 수간호사 선생님에게 전화를 건 적이 있다. 2월의 평범한 어느 날이었다. 그날은 병원 간호사들끼리 회식을 하기로 한 날이다. 살짝 쌀쌀하기는 했지만 내리쬐는 햇살이 화창하여 여느 아침과 다를 바 없이 평범하게 시작하는 날이었다. 이브닝근무 출근이라서 밀린 집안일을 가볍게 하고 쉬고 있던 찰나. 그때 남편으로부터 전화가 왔다. 좀 더 정확히는 나에게 남편 전화로 응급구조사가 전화했다. 낙상 사고가 났는데, 머리가 흔들려서 경련하고 의식을 잃었다가 깨어났단다. 머리에 외상이 있지만 심각하지는 않다고. 병원에 가야 하는데 남편이 안 간다고 한다는 것이 통화 내용이다. 보호자가 필요하다고 한다. 외부 출장이 잦은 남편은 지금 대구 근처란다. 내가 사는 지역에서 대구는 쉽사리 움직일 거리는 아니다. 더군다나 지금은 오전 11시. 2시 반까지 출근해야 하는 오늘은 이브닝근무를 하는 날이다.

바로 이럴 때가 수간호사에게 직접 전화해야 하는 상황이다. 중요한 연락은 이메일이나 문자, 카톡이 아니라 반드시 전화로 해야 한다. 참, 할 말은 많은데 입이 안 떨어진다. 응급구조사의 통화 후 정신이 반쯤 나간 나는 떨리는 목소리로 겨우 입을 떼어 말했다.

"수선생님, 저 오늘 이브닝 출근인데요. 오늘 쉴 수 있을까요?"

이게 느닷없이 무슨 말인가. 이런 경우는 상세한 설명이 필요하다. 이러저러한 상황 설명이 끝난 후 일단 전화를 끊었다. 5분 안에 다시 전화가 왔다. 근무가 뭐가 중요하냐며 내 남편의 건강이 제일 중요하니 걱정 말고 쉬라는 위로와 함께. 근무표를 통째로 조정 가능한 사람은 수간호사뿐이니 동료들의 양해를 구하고 무려 나는 5일이나 연속으로 오프를 받을 수 있었다. 정말 급한 상황이라면 근무 조정은 당연히 가능하겠다. 하지만 이는 오프인 사람이 느닷없이 근무를 대신해야 하는 상황으로 이어지니 당황스러움은 숨길 수 없다.

간호사들의 세계를 일반인들은 아마 모를 것이다. 가끔 간호사들끼리는 진심을 말하지 않을 때도 있다. 다른 직업군과 비교하면 여자들이 많은 집단이다. 그러다 보니 남녀가 섞인 부서와 다른 점들이 많다. 정말 힘든 부분이 임신이다. 우리나라는 근로법상 임신부에게는 바로 밤 근무를 제외해 주게 되어있다. 병동 간호사는 전부 3교대 간호사인데 갑작스레 누군가가 임신했다는 소식을 들으면 축하와 동시에 걱정이 한몫한다. 여러 명이 나눠서 하던 나이트근무를 임신 안 한 나머지 멤버들이 더 떠안아야 하는 상황이 된다. 말로는 임신을 축하한다고 하지만 마음속 저 아래까지 진심으로 축하해 주기 곤란하다.

이런저런 이유로 근무할 수 없는 상황에는 꼭 수간호사에게 전화하여 근무 조정을 해야 한다. 상큼한 봄바람이 살랑거리는 오늘, 나는 근무를 쉬는 날이다. 갑자기 직원 중 한 명이 폐렴으로 입원하여 출근을 못 한다고 한다. 퇴원까지는 일주일 정도 걸릴 것 같다고. 근무표에 오프라고 표시가 되어있었던 오늘이다. 특별히 약속은 없다. 하지만 나는 황금 같은 쉬는 날에 화장하고 자동차에 시동을 건다. 간호사가 아프다고 입원환자를 간호하지 못하는 상황이 벌어지면 안 되기에.

아~ 오늘 딱 하루 쉬는 날이었는데. 아쉽지만 영양제를 입에 털어 넣고, 늦지 않게 병원으로 향한다. 우리 병원 환자들의 빠른 회복을 도우러 기분 좋게 출발해 본다.

나는 피노키오다

아이들 혈관주사를 놓는 일은 소아청소년과 간호사 업무 중 하나다. 액팅간호사인 나는 오늘도 환아들에게 말한다.

“보기만 할 거야.

묶어만 볼게.

알코올 솜으로 닦으면 더 잘 보이더라.

따끔할 거야.

금방 끝나.”

이렇게 거짓말을 한다. 보기만 할 거면 왜 처치실로 오라고 했겠니. 묶긴 왜 묶겠어. 피부 소독은 알코올 솜으로 하고. 이제 찌르기만 하면 된단다. 생각보다 안 아프지만, 생각보다 무서운 것은 사실이다. 나도 어른인데 아직도 주사를 맞기는 무섭다. 지금까지 한 말 중 금방 끝난다는 마지막 말만 사실이다. 이렇게 말하는 경우는 협조가 안 되는 소아인 경우이다.

수액을 맞아야 하는 이유를 아는 환아가 있다. 이런 경우의 대화에는 좀 더 진실을 이야기한다.

"고무줄 묶을 때가 조금 아파.

소독하고, 주사로 찌를 때만 잠깐 아파.

너무 무서우면 울어도 되는데 팔은 절대 움직이면 안 돼.

마음의 준비하고 이제 한 번 해볼까?"

이런 식으로 조금은 인간적이다. 주사를 놓기 전 설명도 상황에 따라서 달라진다.

입원하면 정맥주사라는 혈관주사 요법이 시행되어서 수액 치료를 하게 된다. 수액 치료의 장점은 고열로 인한 탈수 예방 및 증상 완화를 위해 빠르게 체내 수분과 전해질 균형을 맞춘다는 것이다. 또한 구토나 설사로 인해 경구 약물 복용이 어려운 경우 적합하다. 정기적으로 투여되는 항생제 등의 약물을 투여하기에 용이하고 효과가 빠르다는 점이 있다. 또한 면역력이 약한 환자에게 효과적이다. 수액 치료의 단점은 전문가의 영역이다 보니 병원에서만 시행이 가능하다는 점이고 감염의 우려가 있다는 점이 있겠다.

소아청소년과의 경우 보통은 손등부터 주사를 놓기 시작하여 점점 손 윗부분으로 올라가면서 부위를 바꾸는 경우가 일반적이다. 한 번 주사를 맞으면 입원 기간 내내 유지하면 좋겠지만 감염의 우려로 만 3일에 한 번씩

주사 맞은 부위를 교체한다. 혈관이 잘 보이지 않는 경우는 선택의 여지가 없이 놓을 수 있는 곳에 놓기도 한다. 어른들의 경우는 주사를 놓으면 혈관 주사 부위를 잘 유지하도록 스스로 조심을 하는 경우가 대부분이다. 하지만 아이들의 경우는 근무 중에 간호사가 보기도 하겠지만 보호자가 잘 봐줘야 하는 경우가 많다. 간호사가 모든 환자의 주사 라인을 계속해서 봐 줄 수는 없으니, 부탁을 드린다.

소아청소년과에서 일을 하다 보면 수액 관련으로 별별 희한한 경우를 다 볼 수 있다. 잠잘 때 수액 줄을 목에 돌돌 말고 자는 아이, 위험한 상황이니 보호자를 깨워서 아이가 안전하게 잠들도록 한다. 또 수액 줄을 물어뜯는 아이, 손톱을 물어뜯는 아이인 경우가 많은데 수액 줄을 물어뜯으면 다시 수액 세트를 교체해야 한다. 물론 병원 기록도 남긴다. 환아가 수액 줄을 이로 물어뜯어서 다시 교체했다는 내용으로. 어른 병동에서는 생각할 수도 없는 일이다. 울다가 화가 나서 수액 줄을 뽑는 아이, 그러면 방법이 없다. 다시 한번 주사를 찔러서 수액 치료를 유지하도록 해야 한다. 어른들은 거의 손과 팔에 주사를 놓는 경우가 대부분이다. 하지만 소아의 경우는 정말 혈관이 잘 안 보이는 경우는 보호자의 동의를 얻어서 발에 주사를 놓기도 한다. 신생아의 경우는 무려 머리에 주사 라인을 잡기도 한다.

요즘은 사람의 인권을 존중하는 시대이지만 소아청소년과의 환아 치료에서 환아의 의견은 대부분 존중받기 힘들다. 주사를 안 맞겠다는 아이의 의견을 존중했다가는 치료가 쉬이 되지 않을 테니까. 생각해 보면 약을 안 먹는다고, 주사를 안 맞는다고 하는 환아들의 의견보다는 어르고 달래서 치료하는 편이 환아 입장에서 더 유리하다는 것을 알고 있다. 그리하여 오늘도 거짓말을 했다. 아마도 병원에서 소아청소년과 간호사로 일을 계속하는 한은 거의 매일 거짓말을 할 것 같다. 이러다가 피노키오가 될 것 같다.

내 코 무사할 수 있을까?

독감에 안 걸리려면

3교대 소아청소년과 간호사로 다시 일을 시작한 지 벌써 2년이 다 되어 간다. 병원이라는 곳은 오래 있으면 있을수록 질병에 걸릴 위험성이 높아지는 곳이다. 하물며 이런 곳을 나는 직장이라는 이유로 거의 매일 출근하고 있다. 최근에는 독감 환자가 너무 많다. 텔레비전에서는 독감 환자의 비율이 10배가 넘게 증가했다고 한다. 나는 현장에 있으니 그것을 이미 체감한다. 병원의 입원환자 비율로 보면 거의 절반이 독감 환자일 때도 있다. 거의 A형 독감 환자가 주를 이루다가 어제는 B형 독감 환자도 생겨나기 시작했다.

누구나 다 알고 있는 이야기를 하려고 한다. 독감에 걸리지 않기 위한 방법은 따로 없다. 예방이 중요하다. 예방접종도 물론 중요하겠지만 독감 바이러스가 내 몸에 들어오지 않게 하는 유일한 방법은 마스크 쓰기와 손 씻기뿐이다. 코로나 시기를 견뎌낸 우리는 모두 이미 알고 있다. 마스크 쓰기와 손 씻기가 얼마나 중요한지. 하지만 귀찮다는 이유로 간과한 이 사소한 습관이 질병을 불러일으킬 수 있다는 사실을 알아야 한다.

소아청소년과의 간호사인 나는 근무 중에 항상 마스크를 착용하고 있다. 내가 일하는 곳은 병원급 의료기관이다. 실제로 우리나라의 지침상 많은 의료기관에서 마스크 착용은 권고로 바뀐 지 한참 되었다. 그러나 우리 병원은 아직도 직원들에게 마스크를 지급하여 근무 중에 착용을 권장한다. 병원은 직원들의 호흡기 감염 예방에 신경을 많이 쓴다. 대부분의 직원은 마스크 착용을 한 채로 업무에 임한다. 독감은 전염성이 강한 호흡기 바이러스 질환이다. 그 말은 병원에서 독감 환자를 간호하는 것이 일인 나에게 언제든지 독감이 옮을 수 있다는 말이다. 그리고 한 번이라도 독감이나 코로나에 걸린 적이 있는 분들은 다시는 걸리기 싫을 것이다. 근무시간 내내 마스크 착용을 한다는 것은 쉽지 않다. 더구나 한여름에는 정말 힘들다. 아무리 에어컨을 켠다고 할지라도 마스크 안의 습기와 숨 막힘은 물리쳐지지 않는다. KF94 마스크를 8시간 이상 착용한다는 것은 혹독한 현실이라고 느껴지기까지 한다. 그럼에도 마스크를 쓰는 이유는 이 작은 마스크 하나가 나를 지켜주고 있다는 사실을 알기 때문이다.

나에게는 독감에 걸리지 않은 이유가 하나 더 있다. 독감 환자가 많은 곳에서 일하는데 지금까지 독감에 걸리지 않은 이유 중 하나는 손 씻기이다. 나는 하루에도 수시로 손을 엄청나게 씻는다. 손 씻기가 불가능할 때는 손 소독제라도 바르고 환자를 대하려 한다. 병원에서 손 씻기를 자주 하지 않는 간호사에 대한 징계 같은 것은 없다. 그냥 알아서 잘 닦는 것이다. 사소한 습관 하나로 내가 나를 지키는 것이다.

겨울이라 더욱더 손이 튼다. 특히 손등이 할머니 손처럼 거칠다. 직업이 간호사인지라 하루에 백번은 손을 씻는 것 같다. 항상 따뜻한 물이면 좋겠지만 차가운 물에서 따뜻한 물로 넘어가는 그 찰나까지 기다리기에 병원 간호사라는 업무 특성상 사치스러운 시간 낭비일 뿐이다. 물로 씻는 것이 가장 좋은 방법이겠지만 여의찮으면 알코올 손소독제로 손을 비벼댄다. 아직 끝나지 않은 코로나 시대를 살고 있는 현재, 전 국민이 알코올 손소독제에 대해 알 것이다. 간편하지만 알코올의 특성상 피부를 건조하게 하는 단점이 있다. 이렇게 춥고 건조한 겨울에 알코올 손소독제는 나의 손등을 더욱 거칠어지게 한다. 예전에 젊었을 때는 여자들이 핸드크림을 가방에 가지고 다니는 모습이 의아했다. 뭐 굳이 손에 따로 크림을 바르나 했다. 젊어서 뭐를 알았겠나. 나이 마흔쯤에는 슬슬 노화가 온다더니 나는 눈과 손으로 온 것 같다. 건조함을 견디기 힘들더니 안구건조증이라는 진단을 받아서 주기적으로 안과에 다닌다. 또 업무 특성상 손 씻기를 자주 하다 보니 손등이 특히 겨울에는 많이 튼다. 사실 가을부터 그랬다.

퇴근 후 생긴 나의 루틴은 핸드크림 바르기다. 니베아 크림. 독일에서 만들어졌다는 다들 알고 있는 그 핸드크림이다. 동그란 파랑 틴케이스 뚜껑을 열면 은색의 비닐이 씌워져 있다. 은박비닐을 벗기면 뽀얀 하얀 크림이 한가득 들어있다. 무지하게 농도 진한 크림으로 보습력이 막강하다. 이거 어디 손잡고 싶겠나 싶은 거칠어진 손등을 가진 나는 손가락으로 듬뿍 크림을 떠내어 손등에 올려둔다. 손바닥까지 바르면 여기저기 다 만지고 다닐 나이기에 뒷정리가 만만찮을 것이다. 그리하여 손등끼리 비벼대는 방법을 쓴다. 하도 농도가 진하여 처음에는 밀가루 반죽을 얹어놓은 것 같더니 약간의 시간이 지나면 금세 스며든다. 판테놀이라는 성분이 듬뿍 들어가서인지 아침에 일어나면 피부가 진정되는 느낌이다.

여기서 결혼반지를 스으윽 빼놓곤 한다. 결혼반지에 크림이 덕지덕지 묻는 것도 위생상 별로이다. 덤벙대는 나는 분실의 위험성이 있으니 따로 서랍장 깊숙이 넣어둔다. 요즘 금값이 많이 올랐다는 사실이 나를 이렇게 만든 것이 분명하다. 반지를 좋아하는 나지만 이번 겨울은 맨손일 것 같다.

여보~ 내 반지는 잠시 넣어둘게요. 손가락보다 손등을 지켜줘야 할 것 같아. 내가 이토록 손을 자주 씻는 이유는 간호사로서 개인위생이 중요하다는 점도 있지만, 집에 독감 바이러스, 코로나바이러스 같은 것을 가져오고 싶지 않은 마음이 크다는 거 알아줘요. 내 마음 알지요? 이번 겨울은 결혼반지 빼고 지낼게요~

외출 후 손 씻기, 특히 사람 많은 곳에서는 마스크 잘 쓰기. 이 두 가지만 잘 지켜진다면 웬만한 질병은 예방할 수 있으리라 믿는다. 오늘부터라도 실천해 보자. 작은 것을 실천한 대가는 질병 없이 지내는 건강한 시간일 것이고, 아껴진 병원비와 약값, 입원비일 것이다.

야간근로의 대가

야간근로는 밤에 근무하는 것이다. 나 같은 간호사들은 야간근로를 밤근무 내지는 나이트근무라고 부른다. 나이트근무에는 장점도 있고 단점도 있다.

나이트근무의 장점은 나이트 수당을 더 준다는 것이다. 야간근로의 고단함을 돈으로 보상받는다. 또 다른 장점은 나이트근무는 한번 시작하면 보통 2개 내지는 3개를 하는데 전날 근무가 무엇이었던지 간에 첫 나이트에 들어갈 때면 하루 휴가를 받는 기분이 든다는 점이다. 전날에 데이근무를 하고서 다음 날 나이트를 한다고 해보자. 그러면 데이근무가 끝나고 그다음 날 저녁에 나이트근무를 들어가니 하루를 쉬는 기분이다. 이브닝이어도 좋다. 이렇게 근무와 근무 사이에 여유가 있으니 바쁜 일상에 쉼표를 드리울 수가 있다는 점에 아주 만족하고 있다. 나이트근무의 장점은 이것뿐이려나? 곰곰이 생각해 본다. 아무리 생각해 보아도 이것뿐인 것 같다. 아쉽지만.

나이트근무의 단점에 대해서는 할 말이 아주 많다.

일단은 수면 부족이 가장 큰 단점이라고 볼 수 있겠다. 나는 워낙에 잠이 많은 체질이다. 눕기만 하면 자는 체질이라서 그 어떤 순간에도 잘 자는 유형의 인간이었다. 그런데 이제는 약간의 수면장애가 생겨버렸다. 남들 다 자는 밤에 깨어있고, 남들 다 활동하는 시끄러운 환경에서 잠을 청해야 하는 상황이 한 달에 일주일 정도이니 말이다. 낮에 자야 하니 우리 집에 암막 커튼은 기본이고, 수면 안대는 필수다.

또 다른 단점은 시차가 생긴다는 것이다. 해외여행을 한 번이라도 갔다 와보면 알게 된다. 밝은 대낮에 졸리고 밤에는 깨어있는 상태. 이런 시차 같은 것이 한 달에 서너 번 반복된다. 이러니 자꾸 피곤하게 된다.

어디 이뿐이랴, 주말에 나이트근무를 하는 경우라면 가족들은 일상생활을 하는데 혼자서 오후 늦게까지 자는 아이러니한 상황이 벌어진다. 가족들은 자는 사람이 있으니 자연스레 말소리가 작아진다.

또 아쉬운 점이 있다면, 나이트가 끝나면 최소 2일의 오프를 주는데 첫날의 오프는 거의 잠만 자다가 끝나서 너무 허무하다는 것이다. 솔직히 나이트는 내가 근무에 들어간 다음 날 아침 8시 정도에 끝나는데, 말이 오프이지 그날 아침까지는 일을 하게 되는 상황이다. 희한하게도 나이트가 끝난 오프 때는 전날의 영향인지 밤 9시가 되면 잠이 홀라당 깨버리기 일쑤다. 이렇게 시간이 앞으로 갔다가 뒤로 갔다가 한다. 같은 시간인데 나의 시계만 흔들거린다.

병원뿐 아니라 3교대로 일을 하는 직종은 은근히 많다. 우리네 사는 사회의 곳곳에, 알지 못하는 곳에서 숨은 영웅들이 근무하고 있다. 같은 난이도의 근무를 하더라도 힘든 것이 야간근로다. 업무강도가 높은 나이트근무는 힘들지만, 꼭 필요한 근무다.

내 아이가 독감으로 입원했던 때가 생각난다. 고열로 힘들어하는 아이가 집에 있었다면 나는 고열과 싸우느라 한숨도 못 잤을 것이다. 입원하면 나이트근무하는 간호사가 나를 대신하여 아이의 컨디션을 수시로 봐 준다. 새벽에 아이가 열이 날 경우 나를 깨워서 처치에 관해 이야기할 것이다. 해열제를 먹거나 해열 주사를 맞은 아이는 금세 열이 떨어진다. 나이트근무하는 간호사에게 내 아이의 컨디션을 맡긴 채 깊은 잠에 빠져든다. 푹 자고 일어난 아침, 밤사이 아이의 열 상태에 대해서 간호사에게 전해 들으면 너무 감사하게 된다. 그들의 노고로 인해서 보호자는 안심하고 쉴 수 있다. 근무하는 처지에서는 고된 일이지만 나이트근무는 꼭 필요한 근무이다. 낮에는 자고, 밤에는 올빼미처럼 깨어서 근무한다는 것은 상상 이상의 피로를 안겨주지만.

나이트근무는 체력적으로 힘든 근무이다 보니 체력을 좀 더 키워야 한다. 장점도 많지만, 단점도 많은 근무를 유지하려면 필요한 것은 체력이다.

밤에 먹는 야식의 위험함

3교대 근무를 하는 간호사로서 나이트근무는 다른 근무에 비해 많은 체력을 요구한다. 특히 나 같은 저질 체력을 가진 경우에는. 밤을 새워서 일을 한다는 것은 기본적으로 사람의 생체 균형이 무너지는 경우이므로 더욱 더 그러하다. 아침 8시 반 정도 퇴근하는데, 집에 9시쯤 도착하면 밥을 먹는다. 겨우 세수하고는 너무 졸려서 쓰러지기 일쑤다. 낮에는 자고 밤에는 깨는 시스템. 그리고 며칠 후에는 다시 낮에는 깨어있고 밤에 자는 시스템. 이런 시스템이 한 달에 여러 번이다. 생체 균형이 자주 무너지는 직업으로 간호사는 기피 업종이 맞기는 맞나 보다.

기본적으로 이런 고충을 달고 사는 간호사라는 직업에 오늘은 고충이 한 개 더 추가되었다. 입원실의 병동은 기본적으로 간호사실을 중심으로 이루어진다. 간호사실을 기준으로 병실이 즐비하다. 이런저런 일을 처리하느라 간호사실에 있는데 갑자기 근무하기 힘든 상황이 두 번이나 벌어졌다. 오늘은 정말 근무하기 너무 힘들다.

"보호자 분, 그러시면 안 돼요."

라고 말하고 싶다. 하지만 병원에서 일정 시간 이후 컵라면에 뜨거운 물을 부으면 안 된다는 조항이 있는 것도 아니다. 그리고 병원 음식이 입에 맞지 않으면 배달 음식을 포장해서 드시는 것에 제한을 두는 것도 아니다. 물론 병원 감염의 이유로 배달 기사 분이 병원 안으로 들어오시는 것은 제한하고 있다. 대부분의 병원에서는 화재의 위험성이 있으니, 가스레인지의 사용은 허락되지 않는다. 즉 취사는 안 된다. 단지 병원에서 허락되는 것은 정수기와 전자레인지의 사용뿐이니.

병원 식사 중 보호자는 보호자식을 신청해서 드실 수 있지만 외부 음식을 포장해서 드실 수도 있다. 우리 병원의 경우 저녁 5시면 밥이 나오므로 늦은 밤까지 깨어있을 경우 배가 고플 수 있다. 그래서 늦은 저녁에 컵라면에 물을 부으시는 경우도 간혹 있다.

"병원에 계신 모든 환자분과 보호자 분들~

여기 간호사실에서 근무 중인 사람이 있다는 사실을 기억해 주세요. 여러분이 밤늦게 드시는 음식 냄새로 인해서 제가 업무에 집중이 좀 힘드네요. 원래 늦게 먹는 음식이 맛있다는 거 다 알거든요. 그리고 아는 맛이 무섭다는 것도 다 알거든요."

이 늦은 밤 나의 후각을 자극하는 환자와 보호자 분 덕에, 나의 배꼽시계는 이 새벽에 천둥번개가 들어있는 것인 양 요동을 친다. 움켜쥔 배를 안고 아침까지 버텨야 한다. 지금 먹으면 바로 살이 된다는 것도 알고 있다.

아~ 참 돈 벌기 힘들다.

비밀의 방

기다림의 연속이다. 짧게는 30분 정도이겠지만 길게는 3시간이 넘어가는 시간 동안 하염없이 기다리는 시간을 흘려보내야만 한다. 내가 출근하는 병원은 사실 내 아이들의 단골병원이다. 사람의 인생은 어떻게 흘러가는지 한 치 앞을 알 수 없듯 2호가 돌이 지나고부터 들락거리던 소아병원은 지금은 나의 일터가 되었다. 시어머니는 이런 병원에 취업하냐고 걱정이 태산이다. 이런 병원. 거기에 대한 설명이 필요하겠다.

2호가 다섯 살 때쯤이었던 것 같다. 면역력이 떨어지는 어린아이들은 자주 아파서 소아청소년과의 문지방을 닳게 만드는 주범이다. 바로 전날까지 잘 지내던 아이가 다음 날 새벽부터 고열에 시달리더니 아프기 시작했다. 보통의 평일이었다면 아침부터 병원에 방문하여 진료를 보았겠다. 하지만 오늘은 긴장하며 굳은 마음을 먹고 병원에 가야 한다. 왜냐하면 오늘은 1월 1일이기 때문이다. 1월 1일에 아이를 데리고 병원에 진료를 보러 간다는 것은 그날 하루가 굉장히 길게 느껴진다는 것을 의미하기에.

1월 1일은 해가 바뀌는 것에 상관없이 언제나 달력의 빨간날로 휴무이다. 이런 날에 갑자기 아이가 아프면 휴일 진료인 소아병원을 찾을 수밖에 없다. 내가 사는 지역은 휴일 진료가 가능한 소아병원이 4개 정도 있다. 굳이 소아병원을 찾는 이유는 소아 의원에서는 할 수 없는 각종 검사과 방사선 촬영, 수액 치료와 입원 등이 가능하기 때문이다. 물론 대학병원의 그것과는 분명 차이가 있겠지만 중증의 질환이 아니고서야 소아병원에서도 대부분의 치료와 진료가 가능하다. 이런 이유로 소아병원을 찾는 나다. 휴일에는 대부분 소아 의원이 휴무인 경우가 많다. 예고 없이 아픈 우리의 어린아이들은 모두 소아병원으로 몰려서 진료를 보러 온다. 그렇게 1월 1일 새해부터 아픈 나의 2호를 데리고 진료를 보러 왔다. 어찌어찌하여 시어머니와 동반으로 소아병원에 오게 되었다. 이날 나는 시어머니의 깊고도 긴 한숨 소리를 들을 수밖에 없었다. 한참의 시간이 흐른 후 시어머니는 내게 한마디를 하셨다.

"언제쯤 볼 수 있다니?"

외래의 간호조무사님에게 여쭈었다. 마흔 몇 번째란다. 아직도 한참 남았다는 말에 또다시 내쉬어지는 깊은 한숨 소리가 귀에 들려온다. 그렇게 시간은 흘러서 무려 3시간이나 기다린 끝에 드디어 진료를 볼 수 있었다. 물론 고열이 나는 아이를 그냥 두는 것은 위험한 상황으로 빠질 수 있으니 이미 해열제는 먹은 후이다. 기다림에 지친 나도 녹초가 된다. 해열제를 먹였지만 아이는 아직도 뜨끈뜨끈하다.

이렇게나 오래 기다리는 데에 일반인들은 도대체 언제 내 아이를 봐주냐고, 언제까지 기다리게 하느냐며 얼굴을 붉히는 경우도 간혹 있다. 금쪽이로 가득한 우리네 사는 세상에 내 새끼를 가장 먼저 진료해 줬으면 하는 마음이야 이해한다. 어떻게라도 빨리 진료를 보고 싶은 마음이야 충분히 이해하지만, 간호사 엄마인 나는 미동도 하지 않고 그저 기다릴 뿐이다. 고열이 나니 해열제를 먹였고 병원의 대기실에서 대기를 하고 있으면 된다. 이렇다 할 응급상황은 아직 일어나지 않았기에. 병원에서 진료를 보기 위해서는 접수를 해야 한다. 대부분 환자의 경우에는 접수순으로 진료를 보는 경우가 통상적이다. 하지만 만약에 경련한다거나 하는 응급상황이 벌어졌을 경우는 무조건 응급 환자를 먼저 진료하는 것이 우선이라는 것을 이미 알고 있는 나는 그저 기다릴 뿐이다. 만약에 나의 아이에게 무슨 일이 벌어지기라도 한다면 최소한 여기가 병원이라는 곳이기에 빠른 처치가 가능할 것이라는 걸 알고 있다. 그렇기에 많은 시간의 기다림에도 차분히 기다릴 수 있게 된다.

나의 시어머니가 '이런 병원'이라고 이야기하는 데에는 또 하나의 이유가 있다. 기나긴 시간 동안의 기다림은 참을 수 있다. 하지만 참을 수 없는 이유가 하나 더 있었으니 병원 안이 각종 소리로 가득하다는 것이다. 전혀 조화롭지 않은 소리로. 소아병원이라는 공간은 흡사 불협화음만이 존재하는 작은 음악회가 끊임없이 이어지는 공간이라 할 수 있겠다.

단골 소아병원에는 특이한 이름으로 불리는 방이 있다. 해님 방과 달님 방 그리고 별님 방이다. 세 개의 방으로 통하는 문에는 무지하게 커다란 스티커가 붙여진 문이 있는데 이곳은 들어가 본 사람만이 어떤 공간인지 알 수 있다.

첫 번째 비밀의 방인 해님 방은 주사실로 각종 예방접종과 외래 수액 치료를 전담하는 간호사가 근무하는 공간이다. 아이가 이 문을 열고 들어간다. 잠깐의 시간이 흐르면 '소프라노'의 비명이 들려온다.

두 번째 비밀의 방은 달님 방으로 검사실이다. 각종 검사를 진행하는 임상병리사 선생님이 근무하는 공간이다. 각종 혈액 검사를 진행하느라 바늘로 아이들의 채혈을 진행한다. 그리고 요즘 같은 호흡기 질환이 유행하는 시기에 콧물로 하는 검사를 많이 시행한다. 예를 들어 독감 검사와 코로나 검사, 각종 호흡기 바이러스와 원인균을 찾아내는 검사를 시행한다. 코로나 시대를 살고 있는 우리 대부분이 해 봤던, 일명 '코 검사'라는 것을 시행하는 곳이다. 하얀 솜뭉치가 끝에 달린 부드러운 플라스틱의 끝부분을 깊숙이 찌르는 검사로 개인적으로는 주사보다 더 아프다. 이 공간에 들어온 아이들은 '메조'의 비명을 질러댄다.

세 번째 비밀의 방은 별님 방으로 방사선실이다. 폐렴으로 의심되는 환아들의 흉부 사진을 촬영하여 진단에 도움을 주는 방사선사 선생님의 근무 공간이다. 이 방은 그나마 조용한 편이다. 하지만 병원에 처음 온 아이들에게는 비록 잠깐이지만 엄마와 떨어져서 시행해야 하는 검사이다. 엄마와의 분리불안을 이기지 못한 아이는 '알토'의 비명을 질러댄다. 그나마 다행인 것은 너무 어린아이들의 경우는 엄마가 납 가운을 입고 방사선실에 함께 하는 때도 있는데 이때는 차분히 촬영되기도 한다.

자, 이제 준비는 끝났다. 이 음악회의 시작 시각은 당연히 외래 진료가 시작되는 9시로 정해졌고 마감 시간은 외래 마감 시간인 오후 6시 30분이다. 지휘자는 외래 진료를 담당하는 의사다. 아침 9시가 되면 병원에 진료를 보러 온 환아들은 소프라노, 메조, 알토의 역할을 나누어서 각자의 방에서 소리를 지른다. 외래 수액이 처방 난 아이들은 해님 방에서 주사를 맞느라고 소프라노의 비명을 지른다. 동시에 독감 검사를 하는 아이는 달님 방에서 코 검사를 받으며 메조의 비명을 지른다. 그와 함께 폐렴 의심으로 별님 방에 들어간 아이가 잠깐 동안 엄마와의 분리불안을 못 이긴다면 알토의 비명을 지르게 된다. 이들은 각자 조화롭지 않은 불협화음을 내뱉는다.

이 음악회는 매일 같은 공간에서 열리는데 티켓이 없어도 입장이 가능하고, 원하지 않는다 해도 소아병원에서의 음악회는 강제로 청취할 수 있다. 작은 음악회는 계속된다. 여기는 소아병원이라는 특수한 공간이므로 관객들의 함성이나 박수는 생략된다.

나의 시어머니가 '이런 병원'에 취업하느냐고 걱정이 태산인 이유는 이렇다. 내가 근무하는 소아병원은 이 지역의 소아병원 중에서 너무나 유명한 병원이다. 그렇기에 찾아오는 환자들이 많고, 해야 할 일이 많으니 매우 바쁠 것이 뻔하다는 것이다. 아이들을 돌보며 전업주부 생활을 오래 한 나이기에 체력적으로 할 수 있을지에 대한 괜한 노파심이 있으셨을 터이니. 우려와 달리 나는 2년이 다 되어가는 시간 동안 제법 병원 사람들과 정을 붙이면서 간호사로 하루하루 근무를 잘해 나가고 있다. 아직도 나의 시어머니는 나를 걱정한다. 이제 그 걱정은 하늘의 저 구름 너머로 던져버리시기를.

이론을 알면 뭐 하나

병원에서 간호사로 근무하면 재밌는 경험도 참 많다. 지금껏 한 번도 글에 남긴 적이 없는 비밀을 끄적여 보려 한다. 우리나라에는 정이 있어 고마운 사람에게는 뭔가를 나누어주려는 경향이 있다. 나 또한 감사한 마음을 담아 베푸는 걸 즐긴다.

오늘을 예로 들어본다. 오늘은 간호학원에서 오전 강의를 하고 소아병원에서 이브닝근무를 하는 몹시도 바쁜 하루를 보냈다. 최근 들어 가장 바쁜 날이었다. 근무시간으로 치면 12시간이지만 준비시간까지 합치면 그보다 훨씬 긴 시간이 소요된다. 아침 8시에 나와서 모든 일의 퇴근 후 집에 도착하면 10시가 넘어간다. 이렇게 되면 나의 개인 시간은 거의 없는 하루라고 보면 된다. 그저 일만 하다가 하루가 지나간다. 정신없이 하루가 지나가고 있었다. 그래도 밥은 먹는다. 병원 특성상 오후 5시가 넘어서 병원 급식을 먹는다. 좀 이른 식사지만 감사히 먹는다. 그런데 문제는 이렇게 일찍 저녁밥을 먹으면 퇴근할 즈음에는 다시 배가 고프기 시작한다는 것이다. 퇴근하면 씻고 자기 바쁜데 뭘 먹으면 바로 살이 찔 것이라는 사실은 성인인 나는 이미 알고 있다.

세상일은 한 치 앞을 모른다는데 오늘이 그렇다. 오늘은 이브닝근무로 윗 연차 간호사와 둘이 근무했다. 일하는 중간에 우리 둘은 잠깐 짬이 났다. 막간을 이용하여 근무하는 윗 연차 간호사 선생님과 대화 중이다. 오늘의 화두는 다이어트와 운동.

"다이어트가 잘 안 된다. 먹지 말아야 하는데 자꾸 먹게 된다."

"운동은 해야 하는데 잘 안 된다. 해야 하는데 자꾸 까먹게 된다."

언뜻 생각해 보면 덤 앤드 더머의 대화 같지만 너무나 공감이 된다. 먹지 말아야 하는 것과 운동을 해야 한다는 사실을 아는 것은 메타인지가 있다는 것이다. 자꾸 먹는 것과 운동을 안 하는 것은 실천력이 떨어진다는 것이다. 이론을 알면 뭐 하나, 이렇게 실천하기 힘든 것을.

저녁 9시쯤 되었다. 이런 대화 중에 정말이지 기가 막힌 타이밍에 환자의 보호자 분이 작은 종이컵에 순살치킨을 3조각씩 담아서 주셨다. 소아청소년과라서 그런지 아기자기하기까지 하다. 이분은 다 큰 어른인 내 양을 모르시는 게 분명하다. 이렇게 정성껏 마음을 담아주신 음식을 감히 거절하는 것은 우리나라의 미덕이 아니다. 더군다나 한참 배고플 시간이다. 하물며 따뜻하기까지 한 이 치킨을 어찌 가만둘 수가 있을까. 윗 연차 선생님과 나는 서로 눈을 마주쳤다. 둘 다 안 먹을 생각이라곤 전혀 없다. 피식 웃음이 새어 나온다. 이론, 그런 거 다 갖다 버린 지 오래다.

"일단 지금 먹자."

"그래요."

게 눈 감추듯이 먹는다는 것이 이런 거구나. 우리는 한마디 말도 없이 먹는 것에 집중했다. 덩그러니 남은 종이컵 두 개가 머쓱하다. 조용히 쓰레기를 정리하고 안 먹은 척을 한다. 둘은 서로를 보면서 히죽댔다. 어쩜 안 먹겠단 소리를 둘 다 꺼내지를 않았을까. 오늘은 잠을 잘 잘 것 같다. 과로로 인한 피곤함 때문이지, 치킨 세 조각으로 배고픔을 달래서인지 알 수는 없겠지만.

다이어트와 운동은 참으로 성공하기가 힘들다. 성인이라면 모두 이론은 잘 알고 있다. 그.런.데. 이론을 알면 뭐 하나. 실천이 이렇게나 힘든 것을. 사람의 의지란 그 얼마나 하찮은 것이란 말인지. 식상한 이야기겠지만 오늘도 외쳐본다.

운동과 다이어트는 내일부터 하는 거라고. 내일은 꼭 할 거라고.

해야 하는 일과 좋아하는 일

"나는 할 수 있을까?"

강의하다가 문득 생각이 든다. 다시 새로운 직업을 찾아서 1년 정도 공부를 한다는 것. 그 용기를 낼 수 있으려나. 나는 간호사라는 처음 가진 직업으로 지금껏 입에 풀칠하고 있다. 학창 시절 특별히 잘하는 것이 있거나, 아주 많이 예쁘다거나 하지도 않은, 그냥 보통의 평범한 학생으로 학급에서 존재감이라고는 없는 애였다. 공무원이시던 아버지 덕분인지 숙제는 하고 놀라는 엄마의 한결같은 잔소리 덕분인지 성실함은 몸에 배어있다. 나에게 주어진 일은 끝까지 해내고야 마는 성격이다. (물론 게으른 면도 있긴 하다.)

여러 과목을 강의하는데 오늘은 '인체 구조와 기능'이라는 책을 가지고서 강의했다. 내용은 해부학이다. 모든 강의의 기본이 되는 과목으로 간호학의 기초가 된다.

내 강의를 듣는 학생 분들은 보통 나보다 나이가 많은 편이다. 20대부터

50대 후반까지 다양한데 나보다 어린 분들은 늘 손에 꼽는다. 어른을 상대로 한 강의가 쉽지는 않지만, 아이들을 상대로 강의하는 것보다는 수월하리라 생각된다. 지금 수업 시간에 함께하는 이 학생 분들은 자발적으로 공부하고자 하는 의지를 가지고 여기에 모인 분들이다. 우리 아이들처럼 어쩔 수 없이 시켜서 하는 공부가 아니라 능동적으로 선택해서 공부하고자 오신 분들이다. 그래서인지 수업 시간 내내 집중력이 좋고 질문도 많다. 그러면 강사는 체력 관리가 필요하다. 이렇게나 열심히 수업을 듣는 분들이 많으니, 신이 나서 강의한다. 강사를 신나게 하는 것은 사람들의 집중력인데 모두의 시선이 나를 향하고 있으니, 강의를 더 열심히 해야겠다는 생각이 들고 더 잘 가르치려 노력하게 된다. 생각해 보라. 강의를 열심히 준비해 온 강사 앞에 있는 학생들이 다들 졸거나 딴짓한다면? 그러면 강사는 힘이 빠져서 진도만 죽죽 나가고 말 것이다.

공부에도 때가 있다고 한다. 하지만 내가 생각하는 그때는 본인이 공부하고 싶은, 공부가 필요하다고 느끼는 때이다. 그때가 진정 공부해야 하는 시기인 것 같다. 그리고 그때가 되면 집중해서 공부하게 된다.

인생을 살다 보니 공부하지 않을 때는 없는 것 같다. 항상 배우고 알아갈 것 투성이다. 오늘 강의를 하면서 한 번 더 우리 학생 분들의 용기에 존경을 표한다. 새로운 직업에 도전한다는 그 자체가 너무나 대단하다는 것임을 알기에. 간호사 면허증 외의 다른 자격증이라고는 운전면허증과 컴퓨터 자격증뿐인 나이기에.

3교대 간호사인 나는 간호학원에 시간강사로 겸업하고 있다. 오프인 날이나 이브닝근무인 날에 오전 강의를 주로 하고 있다. 사람들은 쉬는 날에도 일을 한다고 힘들겠다고 하지만 나에게는 투잡을 지속하는 이유가 있다.

솔직히 말하자면 주된 근무인 3교대 병원 근무는 생계를 위해서 하는 일로 그 책임감이 막중하다. 실수하면 안 되고 계속 지속해 내야 하는 묵직한 일이다. 당연히 내 급여의 막대한 부분을 차지하고 있다. 정년까지 다녀야 하는 곳으로 책임감에서도 무거운 직업임이 분명하다. 이미 많이들 아시겠지만, 간호사라는 직업은 만만치 않은 체력과 정신력이 필요하다.

그에 반해 간호학원의 강사 일은 내가 너무나 좋아하는 일로 3교대 간호사 일보다는 가벼운 일이다. 간호사 일이 힘들기는 하지만 보람된 일이기에 병원 일에 대한 경험을 풀어서 강의한다. 교과서로만 강의하기에는 너무 현장감이 없어 실제 겪었던 일들을 버무려 학생들의 이목을 집중시키는 것이 너무너무 재미있다. 더군다나 현장에서 환자들을 간호하고 있는 현직 간호사라는 타이틀은 지금 나의 강사라는 자리를 더욱 빛나게 해 준다. 현장을 떠나신 분들은 현재의 병원 일에 대해 감을 많이 잃을 수도 있다. 하지만 나는 바로 어제 병원에서 있었던 일까지 말을 해 줄 수 있다. 이러니 나의 강의는 인기가 많을 수밖에 없다.

나는 학생들이 내 수업을 재미있게 듣는 것이 너무 즐겁다. 이것이 내가 거의 8년째 간호학원 강사 일을 지속하는 이유라 하겠다. 내향인이라 생각했던 내가 외향인이었던가 헷갈리는 부분이 강의할 때란 말이다. 2년 정도

사설 기관에서 학교를 상대로 외부 교육 강사를 했었다. 주로 맡은 부분은 흡연 예방 교육 강사, 성교육 강사, 약물중독 예방 강사였다. 같이 일하는 강사가 자료를 위한 사진 촬영을 위해서 내 수업에 들어온 적이 있었다. 내가 물 만난 고기 같단다. 너무 즐기면서 강의하더라고. 사람들 앞에서 정보 전달과 함께 공감을 형성하는 그 자체가 너무 즐겁다.

누구든 시간을 거스르기는 힘들다. 나도 나이를 먹어서인지 오전 강의를 하고서 이브닝근무를 하는 날은 금세 지치기도 한다. 하지만 나는 내가 좋아하는 일은 기회가 되는 한 계속 지속하고 싶다. 게다가 투잡이니 급여를 두 번 받는다는 장점까지 있다. 간호학원에서 좋은 에너지를 받으니, 스트레스도 풀리고 말이다.

내가 하고 싶은 일과 내가 해야 하는 일. 두 가지의 일 모두 나에게는 모두 소중하다. 계속해서 하고 싶은 내 소중한 직업 두 개를 오래도록 유지하고 싶다.

10

금쪽이들의 세상

어딘가 아프다면 진료를 보러 병원 외래에 온다. 그러나 어린아이들의 경우 혼자서는 병원에 오지 않는다. 소아청소년과라는 곳이 그렇다. 물론 고등학생 정도의 아이라면 자신이 의사 표현을 할 수도 있겠다. 하지만 5살 정도의 아이가 혼자서 접수하고 진료를 볼 때 자신의 상태를 상세히 설명할 수는 없을 것이니 보호자가 필요하다. 그것도 아이의 상태에 대해서 잘 알고 있는 보호자 말이다. 병원에 사람이 미어터지게 많지만, 그중의 절반은 보호자라는 이유로 병원에 방문한 방문객이다. 병원 외래는 항상 많은 사람으로 인산인해다. 가끔은 진료 볼 아이는 한 명인데 엄마, 아빠, 동생, 할머니, 할아버지까지 동반 방문을 하기도 한다. 이렇게나 사람이 많은 것은 거품으로 표현할 수도 있겠다. 막상 진료를 볼 환자의 수는 갓 따른 맥주의 거품처럼 김이 빠지고 남은 맥주의 양과 같다. 소아청소년과에 있는 모든 사람이 전부 진료를 보는 환자가 아니라는 것이다.

텔레비전 프로그램 중에 〈요즘 육아 금쪽같은 내새끼〉라는 프로그램을 가끔 찾아서 보고 있다. 금쪽이라는 이름은 지금 생각해도 너무 잘 지은 것 같다. 지금 금값이 50만 원을 넘는 시기라서 그런지 금쪽같이 귀한 아이인 금쪽이라는 이름은 정말 탁월할 지경이다. 우리 병원에는 이런 금쪽같은 귀한 내 새끼들이 우글댄다.

예전처럼 많은 아이를 낳는 집은 드물다. 나는 1호와 2호를 둔 두 아이의 엄마다. 둘도 많다는 분위기다. 물론 간간이 아이가 셋인 집도 있지만 요즘 대부분 가정의 아이 수는 하나 또는 둘이다. 분만의 수는 부부의 의견과 선택으로 결정되는 것이니. 어찌 되었든 아이들의 수가 점점 더 적어진다는 것은 사실이다. 아이들의 수가 적으니 얼마나 귀하겠는가. 전부 다 금쪽이들이다. 금쪽같은 내 새끼 천지다.

그냥 보기만 해도 귀한 내 새끼가 아프다면 보호자의 상황은 더 급변하게 변한다. 뭐든 빨리빨리 해야 하는 한국인의 특성상 급해진다. 이렇게나 아픈 귀한 금쪽같은 내 새끼가 아프니 진료를 빨리 해달라고, 빨리 열을 내려달라고, 빨리 입원을 시켜달라고 하는 금쪽이의 보호자들이다. 내 새끼가 이렇게나 아픈데 얼마나 급하겠는가.

보호자 분들~ 조금만 진정하세요. 병원이라는 곳은 말이지요. 대부분은 접수순이지만 응급상황이 있거나 하면 순서가 바뀔 수도 있어요. 모든 아이가 금쪽이예요. 모두가 귀하답니다. 차분히 조금만 기다려주세요.

금쪽이들이 사는 세상에 간호사들에게만 벌어지는 상황이 있다. 입원환자의 경우 대부분 정맥주사를 이용한 수액 요법의 치료가 이루어진다. 정맥주사를 놓는 것은 출근한 간호사의 숙명 같은 일이다. 너무나도 바쁘게 돌아가는 병원 환경 속에 빠르게 주사를 놓고 다음 일을 진행해야 한다. 보호자와의 대화에서 등골이 오싹해지는 순간이 있다.

"한 번에 놔주세요."

저도 한 번에 놓고 싶어요. 사실 모든 환자의 주사를 한 번에 놓고 싶다. 바쁜 근무시간에 혈관이 잘 보이지 않아서 주사 놓기 힘든 상황이 이루어진다는 것은 환자에게도, 보호자에게도, 간호사에게도 유쾌하지 않은 상황이다. 사람은 누구나 혈관이 있다. 하지만 정맥주사를 놓기 위한 혈관이 잘 보이지 않는다면, 잘 만져지지 않는다면 난관이 시작된 것이다. 마음이 편안한 상태에서 주사를 놓아도 숙련도의 차이에 따라 성공과 실패의 갈림길에 선다. 하물며 무조건 한 번에 놔달라는 보호자의 압박이 있으면 긴장된 나머지 더 실수가 따르기도 한다. 가뜩이나 잘 보이지 않는 혈관을 가진 환아의 팔을 만지는 내내 손에서는 땀이 나고 심장박동수는 정상범위를 넘어선다.

이쯤에서 금쪽이를 키우는 보호자들에게 당부의 말씀을 드린다. 병원의 의료진은 모든 환자의 치유를 위해 최선을 다하려 한다는 점을 알아주세요. 일부러 두 번 찌르려고 하는 간호사는 없다는 사실도 기억해 주세요.

11

아이와 함께 있을 때는 잠시 꺼두셔도 좋습니다

여기가 병원이 맞는가? 소아청소년과 외래의 풍경이다. 이곳은 다른 병원과 사뭇 다른 특징이 하나 있었으니 바로 보호자의 동반하에 진료가 진행된다는 점이다. 아이를 잘 아는 보호자가 동반된 상태에서 진료가 이루어진다.

응급 환자의 경우를 제외하고는 소아청소년과의 외래 풍경은 여느 지하철역의 풍경과 아주 다르지 않다. 아이들이나 어른이나 다 비슷하다. 남녀노소를 불문하고 각자 핸드폰을 쳐다보느라고 시간 가는 줄 모른다. 나름대로 자기만의 할 일이 많기 때문일 것이다. 조금 전까지는 무료했었지만, 휴대전화를 열기만 하면 갑자기 바빠진다. 갑자기 할 일이 많아진다. 찾아볼 것이 많다. 쇼핑하고, 게임을 한다. 뉴스를 보고 주식 창을 들락거리기에 바쁘다. 아이들이라고 예외는 아니다. 유튜브를 검색하여 보고 쇼츠 삼매경에 빠진다. 나라고 예외는 아니겠지만 이런 상황을 지켜볼 때면 약간은 씁쓸한 심정임을 감출 수가 없다. 몸뚱이는 바로 옆에 있을지언정 마음은 다른 곳에 있다. 이것을 가까운 거리에 있다고 해야 하는 것인지 멀리 있다고 해야 하는 것인지 딱 부러지게 말하기 힘들다.

물론 모두가 휴대전화를 보고 있으면 장점도 있기는 하다. 병원 외래에서 아이들이 뛰어놀거나 해서 발생할 수 있는 부딪힘 사고라던가 의자에서 떨어지는 낙상 사고가 현저히 줄어들기에. 휴대전화에 정신을 집중하고 있는 아이들은 사고의 위험성이 적다. 아니, 거의 없다고 하는 편이 더 정확한 표현일 것이다. 꼼짝하지 않고 휴대전화를 꼭 쥔 손은 그대로 멈춘 얼음 같을 때도 있으니.

"또 다른 세상을 만날 땐 잠시 꺼두셔도 좋습니다."

예전의 텔레비전 광고에서 들려오던 한석규 아저씨의 목소리가 떠오른다.

"눈을 마주쳐 보세요. 아이와 함께 있을 때는 잠시 꺼두셔도 좋습니다."

이런 말을 하고 싶다. 그들에게. 그리고 나에게.

12

너무 출근하고 싶어요

"너무 출근하고 싶어요."

이 말은 어느 40대 남자 보호자의 말이다. 2인실 병실에 두 살배기 아이가 폐렴으로 입원했다. 요즘 폐렴 입원은 거의 일주일 정도 입원 기간을 잡는데 환아의 컨디션에 따라 약간 변동이 있기도 한다. 보통의 경우 보호자로 엄마가 있는 경우가 대부분이지만 이 경우는 아빠가 메인 보호자였다. 이틀쯤 지났을까. 둘째도 아프다고 한다. 2인실에 둘째도 입원했는데 생후 5개월로 밤낮이 바뀐 녀석이었다. 낮에는 좀 자더니 밤새 병원 사람들 다 깨우려고 하는 심보인지 지치지도 않고 밤새 계속 울어댄다. 어부바를 한 지친 기색이 역력한 아이들의 아빠는 퀭한 표정이다.

"많이 힘드시죠?"

"너무 출근하고 싶어요."

저 멘트가 너무 절실하여 마음에 남았다. 애 보는 것이, 더군다나 아픈 아이를 돌보는 것이 얼마나 힘들었을까? 출근해서 일하는 것이 훨씬 속 편할 것이라는 거다. 낮에 푹 잠을 잔 아이는 밤새 울면서 아빠를 못살게 굴었다. 밤을 새워서 다크서클이 깊게 드리워진 아빠의 심정을 알 턱이 없는 아이는 낮이 되니 천사 같은 모습으로 세상 모르게 잠에 들었다.

잠에 든 아이의 아빠는 그렇게 어른이 될 것이다. 그리고 아내의 희생과 육아의 노고를 몸소 체험했으니, 철도 들었을 것이다. 그는 그렇게 출근하고 싶겠지만 나는 얼른 퇴근하고 싶다. 얼른 1호와 2호에게 가서 사랑한다고 말하며 껴안아 주고 싶다.

13

나의 소울푸드

눈이 보슬거리게 내리는 아침이다. 분주하게 간호학원에 출근한다. 오늘은 오전 강의가 있는 날이다. 약속된 강의 시작 시각은 9시이지만 나는 보통 8시 20분쯤 학원에 도착한다. 직원들보다 심지어 학생들보다 먼저 출근해서 언제나 나는 1등으로 도착한다. 부지런한 나의 성품을 아는 학원 원장님은 학원의 출입문 비밀번호 공유를 허락했다. 왜 학원에 이토록 일찍 출근하냐고 물으신다면 내 시간의 여유로움을 즐기고 싶어서라고 대답할 것이다.

아침에 집에서 8시에 출발하면 20분이면 간호학원에 도착한다. 8시 10분에 출발하면 35분의 시간이 걸린다. 8시 15분에 출발하면 40분의 시간이 걸려서 5분 전에 부랴부랴 학원에 도착한다. 빠듯한 출근 시간을 원하지 않는 나는 출근 시간의 교통체증을 피하려 일찍 출근 준비를 한다.

드디어 학원에 도착하면 밤을 낮으로 바꾸는 사람처럼 온갖 불을 다 켜고 히터를 작동시킨다. 그리고 준비한 컵에 슬며시 뜨거운 물을 붓는다. 오늘은 디카페인을 마실 건지 스테비아를 마실 건지 고민에 빠진다. 별거 아닌 고민일 수 있지만 나름의 심각한 고민이다. 엄청난 고민 끝에 오늘은 디카페인 커피믹스로 결정했다. 실행력 빠른 나는 커피믹스를 녹이기 위해 찻숟가락을 휘휘 젓는다. 아무도 없는 학원에서 유유히 커피 한 잔과 책 한 권이면 여기가 지상낙원이고 휴양지인 것이다. 이렇게 혼자만의 시간을 갖는다. 10분 남짓 여유를 부리고 있으면 사람들이 한 명씩 들어온다. 제아무리 추운 날에도 이미 추위를 녹인 나는 가볍게 인사를 나눌 여유까지 생긴다. 아직도 나는 커피믹스를 끊지 못했다. 너는 나의 소울푸드라는 것을 인정하지 않을 수 없다.

어른의 기분 관리법은 중요하다. 하루 종일 예상한 일과 예상치 못한 별의별 일이 다 생긴다. 그래서 저녁의 기분 관리는 통제하기 힘들 수도 있겠지만 나는 아침의 기분 관리는 특히 중요하다고 생각하는 사람이다. 그래서 아침 잔소리는 거의 하지 않는 편이다. 아침을 기분 좋게 시작하면 일단 하루의 출발점은 좋을 것이다. 사람이 기분이 좋으면 가끔 거슬리는 일도 넘어가지는 상황이 되기 마련이니. 반면에 기본적으로 기분이 좋지 않다면 별걸 다 트집을 잡을 수도 있게 된다. 커피믹스의 카페인 때문인지 설탕 때문인지는 알 수 없다. 하지만 요 커피믹스 한 잔이면 나는 아침에 일단 기분이 좋아진다. 기분이 한껏 좋아진 나에게 친절한 인사는 덤이요, 즐거운 강의는 기본이 된다. 하루에 여러 잔을 마시고 싶은 욕구는 꾸욱 누른 채로 하루 한 잔으로 제한한다. 한정된 이 한 잔의 커피믹스와 함께 온전히 혼자만의 시간을 갖는다. 이런 이유로 나는 간호학원에 일찍 출근한다.

가끔은 헷갈릴 때도 있다. 내가 일찍 출근해서 커피믹스를 마시는 건지 커피믹스를 마시려고 일찍 출근하는 건지. 아무렴 어떠랴. 늦지 않게 출근을 한 것에 의미를 두면 되는 것을.

14

장래 희망 칸에 간호사라고 적었다

내가 간호사가 된 이유에 대해서 말하려고 한다. 세월을 거슬러 올라가 보자.

내 나이 아홉 살쯤인 것 같다. 충남의 아주 작은 시골 마을에 살았던 나다. 병원이라도 한 번 가려고 하면 버스를 타고 읍내까지 가야 했다. 다행히 집에서 걸어서 갈 수 있는 거리에 나라에서 운영하는 보건소가 있었다. 한참 유치가 빠지던 시절이었다. 너무나 많이 흔들리는 이를 집에서 뽑기는 무섭고 그냥 두자니 많이 아팠다. 살랑거리는 바람이 기분 좋게 내 얼굴을 간지럽히던 날이다. 너무나도 따스한 햇살이 비추던 날, 엄마 손을 꼬옥 잡고 보건소에 걸어갔다. 치과를 지금도 무서워하는 나는 이날을 너무도 생생하게 기억한다. 무서운 치과의사 선생님이 이를 뽑기 전이다. 너무도 많이 흔들려서 마취조차 필요치 않단다. 그렇게나 날씨가 좋던 날에 나의 몸은 으스스 떨고 있었다. 옆에 계시던 간호사 선생님이 계셨다. 무슨 말인지는 기억나지 않지만 내 손을 꼭 잡아주면서 따뜻한 말로 나를 안심시키던 그 모습이 생각난다. 꼬맹이이던 나는 많은 위로를 받았다. 두려움이 있었지만 울지 않고 이를 뽑았다. 어릴 적 잔병치레도 하지 않아서 병원이라고는 고작 치과를 가는 것이 대부분이었던 나다. 그때부터인 것 같다. 나는 어렴풋하게나마 머리에 하얀 캡을 쓴 간호사를 동경하게 되었다. 요즘은 더 이상 보기 힘든 모습이지만.

학교 공무원이시던 부모님의 뜻에 따라 선생님이라는 직업과 함께 간호사라는 직업을 장래 희망 칸에 오랫동안 적었다. 어릴 적 좋은 기억은 이토록 오랫동안 각인되듯 또렷이 기억난다. 지금의 내가 간호사가 된 것을 보면 과거의 좋은 기억은 한 사람의 미래에 많은 영향을 끼친다고 생각된다.

나는 다시 경력이음 간호사가 되어 병원에 출근한다. 나의 간호를 받는 이들에게 최선을 다하리라 다짐하고 출근을 한다. 물론 간호를 받는 이들은 전부 다 만족하지는 못할 수 있다. 모두를 만족시킬 수는 없겠지만 최소한 불만 사항은 없는 간호를 제공하도록 노력해야겠다. 이렇게 오늘도 나의 간호가 필요한 아픈 환자들이 있는 병원으로 출근한다.

15

돈을 벌어야 하는 이유

내가 좋아하는 작가 중에 김승호라는 분이 있다. 많이들 아시겠지만 엄청난 인기 도서인『돈의 속성』을 나는 작년에서야 읽었다. 얼마나 분하고 억울하던지. 이런 귀한 책을 이제야 알았다니 괜히 멀쩡한 바닥만 내리친다. 그 책에 이런 말이 나온다. 돈이 있으면 웬만한 행복은 살 수 있다고. 드라마 같은 곳에서는 나온다. 돈으로 행복이나 사랑을 살 수 없다고. 돈이 전부가 아니라고 말이다. 하지만 돈이 있으면 어지간한 일은 해결이 되는 것이 우리네 사는 세상이다. 먹고 싶은 것, 갖고 싶은 것, 애들 교육하는 것 등.

오늘 병원에서 데이근무를 하던 중이었다. 쉴 새 없이 돌아가는 병원이다. 입원과 퇴원, 전원 등으로 환자들의 순환이 이루어지고 시골의 장날처럼 인산인해다. 워낙에 정신없는 데이근무에 하나 더 일이 생겼다.

장염으로 입원한 4세 남아 A군. 장염은 설사와 구토 등의 증상을 동반하나 수액과 약물치료로 금세 호전을 보이는 질병이다. 하지만 A군은 증상이 좀 심했다. 물만 먹어도 구토하고 쏟아냈다. 수액 치료한다지만 토하느라고 약조차 삼키지를 못한다. 의사는 복부초음파를 권유했지만, 보호자인 엄마는 선뜻 그러겠다고 대답이 없었다. 엄마의 표정이 복잡하다. 차트를 자세히 보니 의료보호 2종이다. 문제는 돈이었다. 홀로 자식을 키우는데 넉넉지 않은 형편에 검사를 선뜻 하지 못한 것이다.

억장이 무너지고 속이 터진다. 애가 아픈데 치료할 돈이 없다니. 내 속이 터지는데 그 엄마의 속은 얼마나 무너졌으랴. 빨리 검사를 하라는 의사와 돈 없다는 보호자 사이에 나만 새우등이 터진다. 보호자가 돈이 없다는데 어쩌란 말인가. 병원은 복지센터가 아니란 말이다.

이런 상황이 나에게 닥쳤으면 어떨까. 막 울어버렸을 것 같다. 이 상황과 나의 무능력함과 아픈 아이에 대한 원망과 함께.

병원에서 이런 상황은 종종 마주치게 된다. 고가의 병원비로 아이의 치료를 망설이는 경우를. 경력단절 여성이던 나는 다시 한번 다짐을 해본다. 좀 더 열심히 일하고, 더 열심히 운동해야 한다고. 최소한 내 새끼가 아플 때, 꿈을 위한 책을 살 때, 공부를 더 하고 싶을 때 돈이 없다는 이유로 좌절하게 할 수는 없다. 이게 내가 평생 돈을 벌어야 하는 이유다. 결혼하고 자식을 낳으면 억지로 성실해진다. 성실해질 수밖에 없다. 애 하나를 키우는 데 돈이 많이 들기 때문이다.

누구에게나 돈을 벌어야 하는 이유가 있겠지만 나에게 돈을 벌어야 하는 이유가 얼마 전에 또 하나 생겼다. 이번에 생긴 또 하나의 구체적인 이유는 막연하게나마 생각했던 나의 노후 때문이다. 지금 내 나이 마흔다섯. 어쩌면 절반 정도 살아내었을 수도 있지만 삼 분의 일 지점일 수도 있는 것이다. (물론 사고 등으로 갑작스러운 죽음을 맞이하는 것은 제외하기로 하자. 일단 가정에서는 노후로 사망한다는 전제하에 이야기하고 싶다) 아직 살아갈 날들이 많이 남아있다는 전제하에 나는 나의 노후를 위해서라도 무조건 돈을 많이 벌어야 한다. 이런 생각을 하게 된 데에는 저번 주에 갑작스레 닥친 외할아버지의 부고 때문이다. 장례식장에서 장례 절차를 전부 다 지켜보고 가족들과 친척들과 많은 이야기를 할 수 있었다. 장례식장에 다녀와서 더욱 절감하게 되었다. 아~ 내가 나의 노후를 준비하지 않으면 나의 사랑하는 아이들에게 짐이 될 수도 있겠구나. 이건 내가 바라는 바가 아니다.

나의 외할아버지는 90세에 돌아가셨다. 88세까지 정정하게 사시다가 89세에 갑자기 뇌경색이 오셨다. 그러다가 요양병원에서 18개월을 지내셨다고 한다. 너무 많은 고생은 안 하셨다고. 이렇게 인생에서 죽음은 언제 닥칠지 모르는 일이다. 할아버지의 삶을 이렇게 조용히 마감되었다.

이제 남은 가족들의 이야기가 들려온다. 나는 삼일장을 치르는 절차에 내내 있었기에 외할아버지의 마지막 가시는 모습을 모두 지켜볼 수 있었다. 그리고 남은 가족들의 이야기를 모두 들을 수 있었다. 이슈는 돈 이야기였다. 전반적인 장례 절차에 관한 이야기는 내가 꼬마였으면 듣지 못했겠지만, 이제는 어른이 되었다고 장남인 외삼촌이 이야기를 듣도록 허락해 주셨다. 전체적인 장례 비용과 화장 비용, 수의 가격, 꽃장식, 장례 여성 한복 대여료와 남자 정장 대여료, 식대, 과일값, 음료와 술값, 화장터까지 가는 관광버스 대여료 등등. 장례 절차에 드는 비용과 전체 부조로 들어온 돈.

장례 절차에 신경을 쓸 것이 너무나도 많다. 물론 다 큰 성인이기는 하지만 부모를 잃은 사람에게 이렇게나 많은 것을 신경 쓰게 하는구나. 나에게도 닥칠 일이니, 주의 깊게 잘 듣고 기억하려 했다. 여기까지는 일반적인 절차이니 그러려니 했다. 생각보다 장례비는 내가 감당할 수준이라는 생각이 들어서였으리라. 아직 노후에 대해서 그렇게나 진지하게 생각하지 않고 살아왔었다.

갑자기 이야기의 방향은 할아버지의 요양병원 생활로 흘러갔다. 18개월 동안 요양병원에 계셨는데 갑작스러운 죽음으로 아직 퇴원 정산을 못 하셨단다. 나는 몰랐던 사실인데 요양병원의 병원비가 만만치 않다고 한다. 의료보험이 다 적용이 되었지만, 한 달 병원비가 90만 원 정도가 든다고. 3형제인 자식들이 매달 30만 원씩 모아서 요양병원의 병원비를 감당했다고 한다. 부모님이 키워주신 것에 비하면 자식들이 내는 돈은 고작 500만 원 남짓이었으리라. 그것도 3형제였으니 1/N로 나누니 이 정도였지 만약에 외동이었으면 어쩔 뻔했나. 외할아버지가 요양병원에 입원하신 것은 본인이 원해서일 가능성이 없다. 그리고 이러한 일이 나에게는 절대로 생기지 않으리라는 보장 또한 없으니.

노후에 대한 걱정은 질병에 대한 걱정과도 같다. 내가 늙거나 아파서 병원에 있는데, 병원비를 감당할 수 없다면? 내 자식들이 나를 짐으로 여기는 상황이 올까 두렵다. 사람이 돈을 버는 것도 다 때가 있다고 한다. 의지가 있다고 하더라도 죽을 때까지 일을 할 수는 없으니. 나의 사랑하는 아이들을 위해서 나는 오늘도 운동하고, 잘 먹고, 일을 열심히 하는 삶을 살아야겠다. 이런 당연한 이치를 다시 한번 깨달으며 매일 주어진 하루를 잘 살아내야겠다. 그리고 외할아버지가 건강하셨을 때는 가끔 들러서 안부를 묻기도 했다. 하지만 사는 것이 바쁘다는 핑계로 소홀해졌음을 고개 숙여 깊이 반성해 본다. 내일은 친정과 시댁에 안부 전화를 드려야겠다.

(걸음 셋)

맞벌이 가족으로 살아남기

그저 그런 하루의 일상이 기적인 것을 자꾸만 잊고 살고 있다. 기적 같은 하루를 또 보내고 있음에 감사한다. 인생의 행복한 찰나를 글로써 붙잡아두고 싶다.

1

고맙다,
금요일에 독감 걸려줘서

오늘은 금요일이다. 저번 주와 이번 주에 특별한 일이 있었다. 뉴스에서 시끄럽게 떠드는 소리가 들린다. 독감 바이러스와 노로바이러스가 전날 대비 2배로 증가했단다. 일반인 분들은 체감하기 힘들 것이다. 소아청소년과 간호사인 나는 뉴스가 방송되기 전부터 이미 알고 있었다. 이거 심상치가 않구나.

현재 내가 다니는 40병상의 소아청소년과는 거의 매일 입원환자로 가득 차 있다. 병원에 입원한 환자들의 비율을 보면 바로 알 수 있다. 대부분의 입원은 기관지염과 폐렴, 장염의 진단명이 주를 이룬다. 며칠 전부터 독감 환자가 하나둘씩 늘더니 어제가 최고조였던 것 같다. 나이트근무라 인계를 받는데 대부분이 독감 환자란다. 전체 입원환자 수 40명 중 20명이 넘는 수가 독감 환자다. 하물며 가족이 입원한 경우가 많다. 형제는 물론이고, 엄마와 아빠까지 같이 입원하는 경우가 늘어났다. 이번 A형 독감이 전염성이 너무 강한 탓이다.

이때 내가 해야 할 것은? 손 씻기와 마스크 착용이 답이다. 예방적으로 약을 먹는 것은 의미 없다고 생각한다. 대부분의 세균과 바이러스는 철저한 손 씻기로 예방할 수 있는 경우가 많다. 손등이 거칠어지더라도 자주 손을 씻는다. 손을 씻고, 보습제를 바른다, 그리고 마스크 쓰기는 수십 번을 강조해도 지나치지 않다.

지난 금요일과 이번 주 금요일. 데자뷔란 이런 것일까? 반복적인 일이 일어났다. 2호와 1호가 각각 1주일의 차를 두고 독감에 확진된 것이다. 상근직인 남편과 3교대 근무하는 나다. 맞벌이 부부에게 가장 치명적인 것은 아이들의 질병 확진이다. 단순 감기라면 약을 먹이면서 학교와 학원을 보낼 수도 있겠지만 독감 같은 법적 감염병이라면 이야기가 달라진다. 다른 아이들에게 전염을 시킬 수도 있는 질병으로 격리가 필요하니 말이다. 더군다나 입원이라도 해야 하는 상황이라면 엄마랑 아빠는 서로 연차를 소진하느라고 직장에서 눈칫밥까지 배불리 먹게 된다.

독감 환자의 약물치료는 기본적으로 타미플루와 증상에 따른 감기약이 처방된다. 증상의 심각도에 따라 입원이 권유될 수 있다. 담당의는 고열이 나는 내 아이의 입원을 권유했다. 모든 독감 환자의 입원은 필수 사항은 아니고 고려 사항이자 선택 사항이다. 아무래도 입원해서 치료를 받으면 아이의 치료 효과는 높을 것이다. 하지만 집에 혼자 남을 다른 아이와 남편까지 생각하면 걱정이 태산이다. 물론 생사를 가르는 경우였다면 선택의 여지가 없었을 테지만.

결국 나의 선택은 NO였다. 왜냐하면 금요일에 독감 확진이 되었기 때문이다. 하필이면 금요일은 마지막 나이트를 끝낸 아침이었고 다음 날은 오프였다. 토요일과 일요일은 남편이 아이들을 집에서 보면서 약을 먹이면 된다. 대부분의 독감은 고열과 기침, 인후통이 심하지만, 타미플루를 3일 정도 먹으면 금세 증상은 가라앉는다. 어차피 걸릴 독감 금요일에 확진된 것에 감사하는 마음을 갖기로 했다. 독감에 안 걸리는 행운이었다면 너무 좋았겠지만 그렇지 못하다면 금요일 확진은 맞벌이 부부에게 너무 감사한 일이다. 토요일과 일요일에 정성껏 아이를 돌보면서 얼른 완치가 되도록 해야겠다. 월요일과 화요일은 어떻게든 지나갈 테니까.

모든 상황은 누구에게나 일어날 수 있다. 하지만 그 상황을 어떻게 받아들이느냐에 따라서 내가 극복할 수 있는지 절망할 것인지가 달려있다. 결국은 마음먹기에 달려있다. 두 아이가 금요일마다 교대로 독감에 확진되어 집안은 난리이고 학교와 학원은 다 빼먹어서 돈이 아깝다. 내가 육아를 제대로 안 해서 그런 것 같아 죄책감을 가지면서 괴로워하고. 이런 상황이 반복되기보다는 긍정적이고 싶다.

어차피 엎질러진 물이다. 둘 다 독감 확진이다. 좋아하는 음식을 먹이고 약을 잘 먹인다. 마스크를 잘 쓰고 금요일에 독감 걸린 것에 감사하면서 이렇게 또 하루를 살아가는 것이 나의 정신건강을 위해서도 더 좋으리라 생각된다. 나의 바람이 하나 더 있다면 부디 남은 가족인 나와 남편은 이 독감에 걸리지 않길 바란다. 전염병은 여기까지이기를 기도해 보면서 오늘 나에게 주어진 하루에 감사한다.

2

상대적으로 행복한 우리 집

얼마 전 지인의 아이가 아프다는 소식을 전해 들었다. 아이의 치료로 인해 출근하지 못할 수도 있다는 말을 들으니 남일 같지가 않았다. 요즘 워낙에 별의별 세균과 바이러스가 많아서 면역력이 약한 어린아이들은 온갖 질병에 다 걸리고 있다.

"우리 애들은 괜찮아?"

"그럼 괜찮지. 입원했을 때 이미 피검사 다 해봤거든."

질병에 대해서 무지한 남편도 아이들이 걱정되긴 하나보다. 보통의 부모들은 입원 시 피검사 결과를 세세히 알기 힘들다. 하지만 나는 아이들이 입원하거나 하면 세부 내용의 모든 검사 항목의 결과와 예후까지 모조리 다 체크를 한다. 가벼운 빈혈 말고는 아직은 별문제 없이 크는 중이다.

걱정거리가 없는 집은 없다. 우리 집도 예외는 아니다. 중2인 1호 아들은 너무 말라서 상위 3퍼센트의 몸무게를 갖고 있고, 초6인 딸 2호는 성조숙

증으로 초2부터 초5까지 주사 치료를 받았다. 지금은 키가 너무 안 크기에 주사 치료는 중단한 상태다. 좀 마르면 어떤가, 생리 좀 일찍 해서 키가 작으면 또 어떤가. 만성질환으로 장기간 약물치료를 해야 하는 상황도 아니고, 생사를 가르는 상황도 아니니. 사람의 욕심이란 끝도 없다더니 타인의 상황을 보고는 상대적으로 행복함을 느끼는 나에게 약간의 죄책감이 들긴 하지만 어쩌겠는가. 이것이 정상인 것을.

나란 인간 참 간사하다. 통증에 관련된 책을 읽은 것 같다. 전쟁터에 나간 군인의 경우다. 팔 한쪽을 잃은 사람의 고통은 우리의 예상처럼 심각할 것이다. 그런데 그 옆에 사망한 군인이 있다면 상대적으로 덜 심각한 상황이 되는 것이다. 최소한 그는 불구가 되었을지언정 사망이라는 최악의 상황은 면한 것이기에.

현재 상황을 받아들이기 힘들 때가 있다. 욕심을 살짝 내려 놓아보자. 지금 내가 가진 것을 자세히 들여다보면 너무나 많은 기적일 수도 있다. 숨을 잘 쉬고 있고 밥도 잘 먹고 있다. 아이들은 말을 안 듣고 나는 잔소리를 하고 있다. 어디 말 잘 듣는 아이들이 몇이나 있겠는가. 엄마한테 까부는 녀석들은 일단은 건강하니까 까불기도 하고 말도 안 듣기도 하는 것이란 말이다.

신생아 중환자실에서 근무하던 시절이 생각이 난다. 500g 정도의 몸무게를 가진 초미숙아들이 인큐베이터에서 인공호흡기에 의지한 채로 가쁜

숨을 겨우 몰아서 쉬고 있다. 보호자들은 부서질까 내 새끼를 만져보기도 겁을 낸다. 그 부모들의 심정은 하나같이 똑같다. 살아만 있어 다오.

나는 오늘도 아이들과 부대끼며 겨울방학을 보내고 있다. 오늘의 가벼운 하루에 웃음 한 스푼이면 이건 기적인 것이다. 별일 없음이 가장 행복한 것이다. 특별히 나쁜 일이 일어나지 않는 그저 그런 하루의 일상이 기적인 것을 자꾸만 잊고 살고 있다. 상대적으로 행복한 우리 집. 매일 지속되었으면 좋겠다. 기적 같은 하루를 또 보내고 있음에 감사한다.

왜 저한테만 그래요

오늘은 일요일. 새해가 밝아오고 처음 맞이하는 주말의 마지막 식사 시간이다. 밖의 날씨는 쌀쌀하지만, 우리 집안의 분위기는 온화하다. 주말에는 별일이 없다면 남편이 식사 준비를 많이 하는 편이라 나는 더욱더 기분이 좋아진다. 남편은 식사 준비하고 나는 그동안 밀린 책장 정리를 하느라고 분주하다. 이번 주에 아이들이 방학할 예정이라서 부지런한 나는 미리 다음 학년의 책들로 아이들의 책장 정리를 하고 있다. 이렇게 나와 남편은 가족을 위해서 같은 방향을 보며 살아가고 있다. 아이들도 잘 자라는 중이다. 별일 없이 지나가는 평화로운 저녁 시간인 줄 알았다. 1호의 한마디가 있기 전까지는.

"왜 저한테만 그래요."

매일 그런 것은 아니지만 오늘의 메뉴는 소고기 스테이크다. 남편은 고기 요리에 아주 진심인 편이다. 요즘 남편은 요리에 관심이 좀 더 많아졌는데 나는 남편의 이런 행동을 많이 격려하는 편이다. 주말에 남편이 해 주는 음식을 먹는다는 것은 코로나 이후 내가 한 집밥에 질린 주부로서 남편의 실행력에 너무 감사하다. 스테이크는 한참 성장기인 아이들을 위한 남편의 배려가 가득한 가끔 먹을 수 있는 특별식이다. 여러 가지의 버섯과 양파와 마늘이 곁들여져서 풍미까지 너무 좋다. 이런 훌륭한 음식을 먹는 와중에 배부르다는 1호와 2호이다. 1호가 배부르다니 조금만 더 먹으라고 했고 2호가 배부르다니 그만 먹으라고 했다.

이렇게 다르게 말했다고 해서 1호는 엄마인 나에게 이렇게나 서운한 말을 내뱉었다.

"뭐 이렇게까지 말해야 하는 거야? 엄마 서운하게."

그렇게 낮은 목소리로 조용히 이야기하니까 더 서운한 감정이 든다. 착하기만 한 1호인 줄 알았는데. 이 적응 안 되는 기운이 느껴지는 것은 기분 탓이려나.

나는 1호와 2호의 엄마다. 1호는 중2로 167cm에 43kg인 상위 3% 정도의 몸무게를 가진, 입이 극도로 짧은 약간 예민한 남자아이이다. 그에 반해 2호는 초6으로 151cm에 49kg의 전체 80% 정도의 몸무게를 가진, 뭐든 잘 먹는 초등학교 배드민턴 선수 출신의 약간 까칠한 여자아이이다. 이렇게 극과 극의 아이를 키우는 엄마로서는 같은 방향으로 아이를 키우지만, 먹는 것에 있어서는 다른 말을 할 수밖에 없다. 2호 딸이 배부르다고 하면 이미 많이 먹어서 배가 부르니 그만 먹어도 괜찮다. 하지만 1호 아들은 조금만 먹어도 배부르다고 하니 조금이라도 더 먹었으면 하는 것이 엄마 마음이다. 보통 때도 이런 상황은 자주 반복이 되는 일상이었다. 그런데 하필이면 오늘 1호의 입에서 퉁명부리는 말이 나오는데 오늘은 왜 이렇게 서운하게 느껴지는지 모르겠다.

우리 집에도 드디어 사춘기란 녀석이 방문한 거구나. 지금껏 엄마 말 잘 듣는 1호였는데 아마도 자기도 모르게 튀어나온 말일 것이다. 왠지 오늘뿐 아니라 요놈의 사춘기란 녀석은 이런 식으로 나에게 또 다가올 것 같다. 너무 갑자기 이런 말이 많이 튀어나온다 하더라도 우리는 서로 사랑하는 사이라는 것을 잊지는 않았으면 좋겠다. 다음에 또 사춘기 녀석이 튀어나온다면 오늘처럼 엄마는 너를 꼬옥 더 많이 안아줄 거란다. 어른이 되는 과정이라는 걸 알기에. 어른인 내가 너를 품을 거니 걱정 말거라.

삶의 지혜를 중딩에게 배우다

어제저녁 가족과의 대화 주제는 챗GPT였다. 나는 슬기로운 초등생활 이은경 선생님과 브런치 과정 3기를 함께한 브런치 작가다. 글쎄 어제 같은 3기 동기인 이리재 작가님이 첫 출간을 하는데 오늘부터 예스24에 예약판매를 한단다. 책 제목이 『챗GPT 초등 글쓰기 상담소』라고 한다. 나는 아이들 교육에 관심 많은 애미다. 실행력 빠른 나는 이미 예약주문을 한 상태다. 출간 작가가 버킷리스트인 나에게 또다시 번갯불이 던져졌고 이야기의 주제는 자연스레 챗GPT로 흘러갔다. 아이들과 챗GPT에 관해서 이야기하는데 나의 정보력이 부족하다는 것을 뼈저리게 느꼈다.

"이거 어떻게 하는 거야?"

"제가 해드릴게요. 이렇게 깔고, 궁금한 거 물어보면 잘 알려줘요."

어라? 이런 비슷한 상황을 본 것 같은데. 마치 휴게소에서 음식 주문하는데 키오스크를 사용할 줄 몰라서 쩔쩔매는 노인 앞에 젊은 청년이 도와주는 기분이랄까? 기분 참 거시기하다. 기분이 나쁜 건 아닌데 좋지도 않고. 마치 나는 두 다리 멀쩡하고 아직 젊은데 버스에서 자리 양보 당한 것 같은 기분이랄까? 아직 마흔다섯이면 젊은 거 아니야?

요즘 시대에 뒤처짐을 느끼는 오늘이다. 고작 중딩에게 뭘 물어보는 꼴이라니. 하지만 모르면 모른다고 하는 것이 알게 되는 것임을 아는 나이기에 또 한마디를 했다.

"너 말이야. AI나 챗GPT 같은 거 있잖아. 좋은 정보 있으면 엄마 알려줘."

중딩 녀석이 낄낄댄다. 웃긴가보다. 자기네들은 친구들과 함께하면서 알게 된 작은 정보들을 엄마는 아직도 몰랐냐는 눈빛이다. 그래, 나 모른다. 어쩔래. 네가 나 좀 알려줘라. 모르면 배우면 된다고 가르쳤건만 갑자기 느껴지는 이 쑥스러움은 내 몫이겠다. 나중에 안 일이지만 이미 녀석은 챗GPT를 활용하여 중등 과제를 몇 번 했다고 한다. 뭘 물어보면 잘 알려준다고 한다. 가끔 오답을 말하곤 하지만 꽤 쓸만하다고. 이제 나도 중학생의 도움을 받아 좀 더 스마트해져야겠다.

난 네 공부를 좀 봐줄 테니, 넌 엄마에게 최신의 정보를 좀 알려주거라.

판생각: 고3 때까지 스마트폰을 안 사 주려다가 중1에 해줬는데, 스마트폰이 장점도 있음을 인정하게 되었다. 현대문물의 최신 기기는 사용하는 게 맞긴 하지. 하지만 1호야. 게임 시간은 조절이 필요하단다.

3교대 간호사 남편으로 살아가는 법

가족 중 3교대 근무를 직업으로 하는 사람이 있다는 것은 약간 비뚤어진 네모 같다는 생각이 든다. 대부분의 가족은 안정적인 네모의 모양새라면 우리 가족은 시간이 약간 기울어진 모양일 것이다. 3교대 근무를 시작한 지 거의 2년이라는 시간이 훌쩍 지나고야 말았다. 떨리던 첫 출근의 긴장감 대신 이제는 많이 편안해진 상태이다. 물론 병원은 언제나 바쁘다. 오늘은 첫 나이트근무 날이다. 밤을 새우는 직업이다 보니 오전은 평상시처럼 보내지만, 점심을 넘어서는 미리 잠을 자두는 편이다. 가끔 잠을 안 자고 출근하는 동료들이 있지만 한 달만 지나면 한 살을 더 먹는 나이기에 무리수를 두지는 않는다. 저녁 준비 전까지 충전을 위해서 이불 속으로 몸을 숨긴다. 늦은 시간 출근해야 한다는 이유로 나는 가족들 앞에 낮잠을 잔다고 당당히 선언한다.

차가운 바람이 부는 요즘, 조용하던 1호 아들이 말을 꺼낸다. 이번 주 체육 수행평가란다. 자유학기제니까 좀 슬슬 하면 좋겠고만. 점수가 새우젓 만큼이나 짜디짠 체육 선생님에게서 A점수를 따내기는 너무 힘들다고 한다. 10번 중 8번 슛하고, 드리블을 몇 초를 해야 하고. 뭔가 얘기가 길다. 졸음이 구름처럼 몰려오려던 때여서 정신이 혼미해지려는 때였다. 뭐, 열심히 하라는 말뿐인 나다.

오늘 남편이 아주 멋졌다. 집에 먼지가 쌓인 농구공 주머니를 꺼내더니 2호와 함께 자전거 바람 넣는 기계로 공을 탄력 있게 만들고 있다. 참고로 오늘은 일요일이다. 나는 일단 자러 들어간다. 얼마의 시간이 흘렀을까. 아이들이 떠드는 통에 침대에서 일어날 수밖에 없다. 겨울이라 환기하기 쉽지 않은 와중에 계란말이, 소시지볶음, 베이컨 볶음에 점심때 먹던 김치찌개와 김장 김치까지. 남편이 준비한 오늘의 저녁 메뉴다. 군만두까지 하려 했지만, 시간이 부족했단다. 오늘따라 온몸이 다 쑤셔서 겨우 일어난 나인데 이렇게나 차려내다니. 오래 살고 볼 일이다. 남편은 내가 나이트근무를 할 때면 더욱 내 컨디션을 챙긴다. 나이트근무는 체력전이고 힘든 걸 아는 눈치다. 살림이 재미없는 나는 남이 해 준 밥이 세상 제일 맛있다. 먹기만 하면 되는 것에 정말 너무 행복하다. 오늘은 설거지까지 해준단다. 너무 감사한 상황이다.

자고 있던 엄마가 깬 이상 아이들은 더 이상 조용히 할 필요가 없다. 본격적으로 아이들의 조잘거림은 시작되었다. 오늘 아빠랑 농구했다는 거다. 장소는 학교 농구대. 1호 아들은 생각보다 골을 잘 넣었고 2호 딸은 본인이 농구에 소질이 있나 보다 하며 깔깔대고 난리다. 사실 2호는 초등학교의 배드민턴 대표선수다. 뭐든 운동은 좀 소질이 있나 보다. 나는 남편의 머리를 쓰다듬으며 입술에 침을 바르면서 칭찬했다. 애들 데리고 운동한 거 너무 잘했다고.

사실 나는 이런 모습을 기대했었다. 3교대 근무의 아쉬운 부분이 분명히 있지만 그럼에도 우리 가족은 잘 살아가고 있다. 부부가 맞벌이한다는 것은 육아와 살림까지 나눠서 한다는 것을 의미한다. 물론 육아의 대부분은 아직도 나에게 많이 치우쳐 있기는 하다. 하지만 특히 나이트근무 때만이라도 남편이 살림과 육아에 조금 더 적극적이라면 내가 너무 든든할 수밖에 없다. 어디 비싼 곳에 가서 비싼 음식을 사 먹는 것만을 아이들이 좋아할 거라 굳게 믿던 남편이다. 그런 남편이 소소하게 학교 운동장에서 집에 있던 농구공 하나만으로 아이들과 신나게 놀고 왔다. 이제야 남편은 3교대 간호사의 남편으로서 적응을 잘 해내는 것 같다. 아이들도 엄마는 나이트근무를 위해 쉬어야 하니, 같이 나가서 놀자고 조르지 않는다. 물론 농구한다고 물 한 모금 챙겨가지 않고 쫄쫄 굶겨서 밥을 많이 먹게 한 것에서는 아쉬움이 있지만 그 또한 시간이 지나면 개선되리라 믿는다.

밖에서 일만 하던 남편이 육아에 한 발짝 들어온 사실에 너무 행복하다. 집안에 아이들의 재잘거림이 넘쳐흐른다. 듣기 좋은 소리로 이보다 더 좋은 소리가 있으려나. 이렇게 맞벌이가정인 우리 가족은 적응해 나가고 있다.

칭찬이 이렇게 무서운 겁니다

나에게는 한 가지 재주가 있다. 그것은 바로 남편을 요리하게 할 수 있다는 것이다. 사람마다 차이가 있겠지만 나에게 있어 살림이란 살면서 단 한 번도 재미있었던 적이 없다. 그저 해야만 하는 짐짝 같은 것이라고 할 수 있겠다. 어쩜 결혼한 지 18년째가 되어가는 주부가 할 소리란 말인가. 아무도 듣지 않았는지 고개를 돌려본다. 내 안의 진짜 속마음을 몰라야 한다. 최소한 그는 몰라야 한다.

아무도 우리 집을 어지르지 않는다면 좋겠다. 그다지 깔끔한 스타일은 아니지만 그렇다고 아주 지저분한 스타일도 아니다. 한번 정리를 해 놓으면 그대로 현상 유지가 되었으면 하고 바라며 살고 있다. 하지만 바람과 현실은 언제나 다르듯이 사람 사는 것이 다 거기서 거기다. 우리 집에는 어지르는 사람들만이 모여 살 뿐이다. 모두가 어지르고 치우는 사람이 없으니 가끔은 참으려 해도 한숨이 피익 하고 새어 나온다. 특히 퇴근 후 집에 왔을 때 기운이 쫙 빠질 때가 있다. 아주 긍정적으로 우리 집안의 풍경은 인간적이라 할 수 있겠다.

대강 집안의 먼지를 떨구고 빨래를 세탁기에 욱여넣는다. 애벌 설거지 한 그릇을 식기세척기에 쑤셔 넣는다. 그러고 나면 나는 기운이 쪼옥 빠진다. 집안일이라는 게 뭐 별거 있던가. 청소, 빨래, 설거지 그리고 식사 준비. 이 네 가지 중에서 나는 이미 세 가지를 마친 상태이다. 마지막으로 남은 식사 준비. 나의 레이더망에 그가 보인다. 이때 나의 필살기는 작동을 시작한다. 이제부터가 진짜다. 이미 기운이 좀 빠진 나는 몸으로 하는 집안일은 여기까지만 하기로 나 혼자 결심한다.

오늘 식사 준비는 남편이 하기로 했다. 이때 남편 역시 퇴근을 한 후라 식사 준비를 하는 것이 힘들 거라는 것을 인지해야 한다. 이것이 가장 중요한 포인트이다. 손만 대강 씻고 식사 준비를 하는 내내 나는 분주하다. 정확히 나의 입이 분주하다. 힘든 그를 일으켜 요리하게 하려면 도파민이 필요한데 나는 그 도파민을 생성하게 할 수 있다.

남편이 해줄 오늘의 메뉴는 계란덮밥이다. 한 그릇 요리로 어제 2호 딸에게 처음으로 해주었는데 반응이 나쁘지 않았다. 나도 딱 한 입을 먹었을 뿐인데 맛이 있었다.

"여보~ 어제 먹은 계란덮밥 오늘 또 해 줄 수 있어? 한 입 먹어봤는데 자꾸 생각나더라고."

나는 방법을 잘 알고 있다. 다른 남편들은 어떨지 모르지만 내 남편은 칭찬에 약하다는 것을. 그것도 아주 많이.

남편이 요리하는 과정은 간단하다. 각종 채소를 전부 잘게 다진 후 달걀물과 섞는다. 섞인 채소 달걀물을 프라이팬에 크게 부쳐낸다. 작은 팬에 케첩, 돈가스 소스, 설탕, 물을 섞어서 졸이고 감자전분으로 농도를 조절하여 소스를 만든다. 커다란 그릇에 밥을 담는다. 밥 위에 커다란 달걀부침을 올리고, 그 위에 준비한 소스를 부으면 완성이다. 아주 고난도의 요리는 아니지만 영양 만점인 요리임에는 분명하다. 남편이 요리하는 내내 나는 옆에서 무심하듯 말을 쏟아낸다.

"나는 전분 요리는 어렵던데 자기는 잘하네?

아빠가 요리하니까 아이들 정서에도 좋은 것 같아.

자기가 해주는 요리 먹으니까 난 너무 좋다."

분명 퇴근 후 힘들었을 텐데 남편의 입꼬리가 올라갔다. 오케이~ 됐다. 남편은 온갖 칭찬을 받으며 요리를 완성해서 가족으로부터 인정을 받으니 좋고 나는 남편이 해준 요리를 먹으니 좋고. 그야말로 일거양득이다. 물론 설거지를 귀찮아하는 남편이므로 식후 설거지는 나의 몫이지만 공짜로 밥을 얻어먹었으니, 힘을 내어 설거지를 할 수 있다.

가끔 너무 힘들면 티격태격하는 날도 있다. 하루를 살아내기도 힘든 세상에 사랑하는 가족과 부딪친다는 것은 더 큰 스트레스를 낳을 뿐이다. 웬만하면 즐겁게 하루하루를 살아가고 싶다. 나의 칭찬도 매일매일 그를 움직이지는 못한다. 하지만 아주 가끔이라고 하더라도 즐거운 마음으로 집안일에 참여할 수 있게 하는 비법이 있음에 감사한다. 아마 그도 알 것이다. 우리는 그저 속고 속이고, 알면서도 속아준다. 그렇게 살고 있다. 바깥의 날씨는 너무 추워서 시베리아의 차가운 바람이 부는 것 같다. 우리 집에는 한 스푼의 깔깔거림이 있으니 그 어떤 추운 겨울날도 견딜 수 있을 것 같다.

7

아빠의 출장과
엄마의 나이트근무 사이

이런 일은 없기를 바랐다. 다행히 오늘이 처음은 아니고 두 번째다. 오늘은 며칠 전 갑작스레 잡힌 남편의 출장 날이다. 꼭 가야 한단다. 그것도 1박 2일 일정으로. 사람이 일을 하다 보면 출장을 갈 수도 있고, 일찍 오는 날도 늦게 오는 날도 있을 수 있다. 나 그런 거 이해 못 하는 사람 아니다. 하지만 상황이 좀 그렇다. 남편은 상근직으로 일을 하고 있고, 나는 3교대 근무를 하고 있으니 문제인 것이다. 간호사인 나는 다음 달의 근무표는 보통의 경우 전달 일주일 전쯤에 나온다. 대략 23일경에 다음 달의 근무표를 알 수가 있다. 내가 오프가 필요한 날에는 신청해서 쉴 수 있고 나머지의 날들은 데이, 이브닝, 나이트라는 근무로 한 달이 채워진다. 이렇게 계획적으로 살 수밖에 없는 나의 근무 일정과 달리 그의 일정은 언제나 갑작스럽게 잡힌다. 보통의 경우는 내가 감수할 수 있는 일정이다. 하지만 이번 같은 경우는 조금 난감하다. 왜냐하면 내가 나이트근무를 하기 때문이다.

내가 나이트근무를 한다는 것은 밤 9시쯤 출근을 해서 다음 날 9시 정도에 집에 온다는 것을 의미한다. 나는 12시간 정도는 아이들의 육아를 할 수 없는 것이다. 그동안 대부분은 잠을 자기 때문에 특별히 할 일은 없다. 남편이 아이들의 잠자리를 챙기고 등교 전 아이들 아침까지 챙기는 경우가 대부분이었다. 그런데 남편이 출장을 가야 한단다. 급하지 않은 경우는 내 나이트근무 날짜를 피해서 출장을 가곤 했었는데 이번에는 일정 조율 없이 꼭 가야만 한단다.

그렇다면 어쩔 수가 없다. 아이들에게 당부한다. 아빠는 출장을 가셔야 하고 엄마는 나이트근무를 해야만 한다고. 우리들은 사회에서 너무나 중요한 일을 하는 사람들이라서 일을 해야 한다고 누누이 당부한다. 특히 엄마는 병원 간호사로 아픈 환자들에게 엄마는 없으면 안 되는 사람이라고 으름장을 놓았다. (굳이 이렇게까지 이야기하지 않아도 되지만 그렇게 되었다.) 몇 달 전에도 딱 한 번. 지금과 똑같은 상황이 생겼었다. 빈집에 아이 둘만 덩그러니 있는 상황이라니. 내가 다 기가 막혔다. 물론 별일 없이 잘 지나가기는 했다. 아주 불편한 마음으로 아이들에게 둘이 자야 한다고 이야기했다. 엄마랑은 아침에 만나면 되는 거라고.

"알았어요. 둘이 잘 지내고 있을게요."

"아침에 만나요."

이 녀석들 언제 이렇게 많이 커서 듬직한 소리를 하는 거지? 이제 겨우 중2와 초6이 되는 1호와 2호다. 아이들끼리만 두는 것이 못내 마음에 걸리지만 모든 상황을 전부 다 통제할 수는 없다. 그리고 저번과 다른 점 하나는 지금은 겨울방학이라는 점이다. 그 말은 늦잠을 자도 되고 아침에 일찍 일어나지 않아도 된다는 말이다. 상황 파악이 끝난 아이들은 너무 많이 티를 내지는 않았지만 좋아죽겠다는 표정이다. 둘이 눈이 마주치더니 금세 낄낄거린다.

어느덧 나의 출근 시간이 다가왔다. 다행히 집에 설치해 둔 펭귄 카메라로 아이들을 지켜볼 수 있다. 약간 불안한 나를 스스로를 안심시키며 떨어지지 않는 발걸음을 재촉해서 눈이 내리는 출근길을 나서 본다. 병원은 언제나 부산하고 아이들의 울음소리와 기침 소리로 정신이 없다. 대강 일이 정리된 밤 11시쯤. 아이들에게서 전화와 문자가 와 있어서 나의 심장은 덜컹거린다. 왜? 무슨 일이지? 문자의 내용은 대강 이러하다. 둘만 있는 이런 날도 있으니, 게임을 더 하고 싶다는 둥, 늦게 자고 싶다는 둥, 밤을 새우면 안 되냐는 둥.

별일 아닌 걸로 연락했구나. 티격태격 협상 끝에 기분 좋게 12시에는 자는 걸로 합의를 보았다. 깔깔거리는 웃음소리를 뒤로 한 채 전화를 끊었다. 녀석들~ 다 컸구나. 이제 엄마는 마음 편히 나이트근무를 할 수가 있겠네. 엄마 아빠가 없는 이 틈을 아이들이 즐길 줄이야. 너무 다행이다. 아주 늦은 밤에 생라면을 부숴 먹고 유튜브를 텔레비전으로 보면서 콜라를 마시는 꼴이라니. 내가 집에 있었더라면 너무 늦은 시간이라서 아마도 콜라는 허락하지 않았을 것인데. 별일 없이 잘 지낸다면 이깟 콜라가 대수일까.

얘들아~ 고맙구나. 오늘은 너희들의 축제 시간을 보내렴.

아침에 집에서 보자꾸나. 이쁜 내 새끼들~

아이들이 끓여준 라면이 가장 맛있는 이유

전업주부 생활을 오래 하던 내가 정규직 3교대 간호사로 돌아선 지 2년이 다 되어간다. 상근직인 남편과 육아를 나눠서 하고 있지만 그럼에도 항상 빈틈이라는 것이 존재하기 마련이다. 겨울방학의 점심 식사가 그렇다. 내가 데이근무를 하러 출근하고, 남편이 출근해 버릴 때이다. 그러면 아이들은 자기들끼리 끼니를 챙겨 먹어야 한다. 아이들이 온전히 알아서 챙겨 먹으라고 하지는 않는다. 출근 전 간단히 삼각김밥을 싸놓으면 아이들은 전자레인지에 데워 먹을 때도 있다. 컵밥이나 컵라면에 물을 부어서 익혀 먹을 때도 있다. 때로는 내가 점심을 배달시켜 주거나 아이들이 포장해 온 음식을 먹기도 한다. 출근과 더불어서 채워주지 못하는 끼니에 대한 걱정은 워킹맘의 가장 큰 숙제가 아닐까 싶다.

같이 근무하는 병원 동료들과의 대화에서 또 한 번 충격을 받았다. 전업주부를 오래 했었던 나와 오랜 기간 워킹맘으로 지낸 그들과의 사고방식은 근본부터 아예 달랐다. 아이들의 모든 먹거리를 손수 챙겼던 나와 달리 그녀들의 아이는 너무나 독립적이다. 이미 초1 때부터 컵라면에 물을 부어서 먹을 줄 알고, 편의점에서 계산도 잘한단다. 지금 초5인데 볶음밥도 할 줄 알고, 달걀부침은 기본이란다. 어쩜. 너무 기특하다. 부럽기까지 하다.

반면에 우리 집 아이들의 경우는 어떠한가. 컵라면에 물을 부어서 먹을 줄은 알고 전자레인지는 사용할 줄 안다. 어디 가서 사 먹을 줄은 알고 포장 음식을 가져올 줄은 안다. 혹시라도 내가 아플 때, 챙겨줄 수 없는 상황일 때는 어떻게 할 것인지. 저번 여름 방학에 달걀부침을 하는 시도를 해보았다. 인덕션을 사용하는 것이기에 화재의 위험성이 적어 시도해 볼 수 있었다. 천천히 세 번을 연습하였는데 기름에 데고 흘리고 난리가 났다. 어쩜 설거지를 시킬 때마다 머그잔의 손잡이는 왜 자꾸 떨어지고 잘 깨지지 않는다는 코렐 접시는 그때마다 깨지는 건지. 괜히 애 다친다고 남편의 핀잔만 들을 뿐이었다.

내가 애들을 너무 곱게 키운다는 동료 간호사들의 말에 적잖은 충격을 받았다. 깜짝 놀랐다. 전업주부로 아이들을 돌보다 보니 오랫동안 뭘 시킬 생각을 못 했던 건가. 이제 슬슬 뭔가를 해볼까 하고 시동을 걸어본다. 곰곰이 생각해 보니 달걀부침은 너무 고난도인 것 같다. 달걀을 깨는 것도 만만치 않고 껍질이 들어갈 수 있으니 더 쉬운 스팸 부치기로 변경을 해본다. 솔직히 달걀부침보다 스팸이 반찬으로 더 인기가 많긴 하다. 처음에는 스팸을 꺼내서 칼질까지 해주고 부치기만 해보라고 했다. 우리 2호 꽤 잘한다. 물론 기름이 몇 방울 튀었다고 볼멘소리하기는 했지만 자기가 부친 스팸을 맛깔나게도 잘 먹었다. 실제로 나이트근무 끝나고 아침을 먹고 자고 있었다. 한 번의 연습 끝에 2호는 스팸을 부쳐서 1호와 잘 먹었다고 한다. 전자레인지에 밥을 데워서 김치와 김자반까지 야무지게 챙겨 먹었다니. 이렇게 사랑스러울 수가 있을까. 너무 기특하다. 특별히 다치지만 않는다면 반찬이 부실할지언정 알아서 밥을 차려 먹었다는 사실에 너무 감사할 따름이다.

그다음 날 바로 두 번째 단계로 넘어갔다. 바로 라면 끓여 먹기.

물론 연습은 엄마와 함께다. 라면 끓이는 모습은 많이 봤지만 그래도 다시 한번 인덕션 사용 방법을 익히게 해 주었다. 라면 끓이는 방법은 다음과 같다.

1. 편수 냄비에 물을 붓고 인덕션을 작동시킨다.
2. 그대로 수프와 면을 넣는다.
3. 달걀을 냄비 위에서 깨뜨리면 화상을 입을 수도 있으니, 밥그릇에 미리 까놓는다.
4. 국물이 보글보글 끓기 시작하면 미리 준비한 달걀을 넣는다.
5. 요리 집게로 면을 휘휘 몇 번 저어준다.
6. 대강 익은 것 같으면 인덕션을 끈다.
7. 커다란 그릇에 라면을 옮긴다.

8. 김치와 함께 라면을 맛있게 먹는다.

9. 다 먹은 그릇은 전부 싱크대에 담그고 물을 가득 담가 놓는다.

내일 점심은 라면이다. 나는 아이들이 끓인 라면을 먹을 예정이다. 실전은 연습처럼. 매의 눈으로 지켜볼 것이다. 걱정과 기대가 공존한다. 방학이 이제 얼마 안 남았다. 부모의 육아에서 식사 준비는 너무나 중요한 부분임이 분명하다. 하지만 가끔은 부모가 부재중일 수도 있다. 혼자서 밥을 아예 챙겨 먹지 못하는 것보다는 간단한 요리할 줄 아는 것이 살면서 도움이 될 것 같다. 아이에게도 나에게도. 내가 모든 것을 다 해 줄 수는 없음을 인정한다.

사람에게는 환경이 중요하다고 했다. 전업주부들끼리 있었을 때는 집에서 엄마가 해 줄 수 있는 일이 많으니, 아이들은 행복하다. 그러나 일하는 엄마와 있을 때는 엄마의 그 빈자리를 아이들이 스스로 채울 수 있도록 도와줘야 한다. 아이들이 고생한다고는 생각하지 않기로 했다. 스스로 먹거리를 챙길 수 있게 도와주는 것이 중요하겠다. 초6의 2호는 스팸을 부쳐서 1호와 한 끼를 해결한 것에 대해서 만족해했다. 너무 기특하다.

며칠이 지났다. 겨울방학은 아직도 안 끝났다. 분명 나는 진라면 순한 맛에 달걀을 넣어 끓이는 방법을 알려주었다. 의도한 것은 아니지만 라면 끓이기를 알려준 후 몹시도 바쁜 날들이 계속되었다. 바로 실전이다. 띠리리 문자가 온다. 둘째 날은 짜파게티를 끓여 먹더니, 셋째 날은 멸치 칼국수를 끓여 먹었단다. 겨울방학이라서 아이들끼리만 있는 점심이다. 제법 맛깔나게 끓인 라면의 인증사진을 보낸다. 이렇게 기특하고 장할 수가 있을까. 나의 감동 수치가 하늘을 찌른다. 누가 보면 애가 수능시험 만점 맞은 줄 알겠다.

라면은 역시 개인 취향이 반영되는 거라 바로 응용해서 잘도 먹었단다. 나는 엄마로서 혹시 모를 화상을 염려했으나 아이들은 즐거웠고 설거짓거리는 퐁당 입수해 있다. 이 정도면 너무 훌륭하다. 장하다.

물론 시간이 흐르면 더 많은 것을 할 수 있을 것이다. 전기밥솥에 밥하기, 된장찌개 끓이기, 계란말이. 거의 자취생활을 위한 연습인 것 같다. 이 모든 것은 시도했기에 얻을 수 있는 성장과 발전이다. 아이들은 항상 엄마가 해 주는 밥만 먹다가 스스로 챙겨 먹을 수 있는 능력을 갖추게 됐다. 이 능력은 어디서든 빛이 날 수 있을 것이다.

남은 방학 동안에 시간 날 때마다 계속 자취생 연습을 할 것이다. 살면서 배우는 것이 어디 공부뿐이랴. 음식 만들어 먹는 것을 배우면 본인의 생존능력 자체가 높아지는 것이니 너무 의미 있는 결과라 할 수 있겠다. 비록 남은 방학 동안 스팸과 1일 1 라면이 약간 부담스럽지만 반복 학습이 중요하다고 생각된다. 컵라면보다 본인들이 끓여 먹는 라면이 더 맛있다는 아이들이다. 스스로 해내는 성취감을 얻는 아이들과 아이들의 발전됨을 보고 가장 뿌듯해하는 사람은 바로 나, 엄마다.

이렇게 나는 워킹맘으로 살아남을 수 있겠다. 아이들은 성장하고, 나도 성장한다. 코로나 시대 이후 특히나 누가 해 주는 음식이 가장 맛있는 나이기에 아이들이 끓여준 라면을 아주 맛있게 기쁜 마음으로 먹는다. 기특한 아이들의 모습을 지켜보면서 오늘도 하루가 지나간다. 기쁜 지금의 모습을 기억하려 나는 또 끄적이고 있다. 인생의 행복한 찰나를 글로써 붙잡아두고 싶다.

엄마라서 자주 하는 말, 밥은?

엄마라서, 아내라서 자주 하는 말이 있다.

"밥은?"

뒤에 생략된 말이 있다.

"먹었어? 뭐 먹었어?" 또는 "잘 먹었어?"겠다.

답변이 예스가 아니라면 그때부터는 쉬지 않고 발사대는 따발총같은 질문 세례가 집중될 것이다.

"안 먹었다고? 왜 안 먹었어? 맛이 없었어? 배고프겠네. 이따가 뭐 해 줄까? 먹고 싶은 거 있어? 어디 아픈 거 아니야?"

살면서 밥을 먹는 건 너무나 중요하다. 결혼하기 전에는 너무 이해가 안 되는 말이 엄마의 밥 먹었냐는 질문이었다. 상대적으로 아빠는 내가 밥을 먹고 다니는지 그다지 관심이 덜했다. 하지만 엄마의 끊임없는 밥 타령이 지겨울 때쯤 결혼을 하고 시간이 조금 흘러 나도 엄마가 되었다.

세상 입 짧은 1호를 낳은 나는 지금까지도 밥 타령이다. 모유 수유를 할 때는 몰랐다. 포동포동하게 젖살이 오른 나의 생명 같은 아이. 요 녀석은 이유식을 먹을 때부터 거의 맛보는 수준으로 음식을 먹었다. 별걸 다 먹여 봤지만 그때뿐이다. 수많은 육아서를 봤다. 억지로 먹이는 것은 좋지 않다기에 여러 가지 조리법의 음식을 제공할 뿐이었다. 입이 예민한 아이들은 참기름을 섞여 먹이면 잘 먹는다는데 정말로 김밥 쌀 때 조미한 참기름 밥을 아이는 잘도 먹었다. 식사량이 아직도 적어서 상위 3퍼센트의 몸무게를 가진 나무젓가락 같은 아이이다. 이 아이의 입에 뭔가가 들어가는 모습이 나에게는 큰 기쁨이다. 쩝쩝거리는 소리도 예쁘다. 일 년 중의 몇 번, 간간이 들려오는 소리가 있다.

"더 주세요."

이런 말을 매일 들을 수만 있다면 얼마나 좋을까?

물론 하늘은 나에게 밥 잘 먹는 2호도 허락하셨다. 처음 젖을 먹을 때부터 너무 잘 빠는 거다. 42주가 다 되어서 나온 2호는 힘이 예사롭지 않았다. 젖을 먹고 트림을 안 해도 토를 하는 경우는 거의 없다. 입이 짧기는커녕 주는 족족 잘 받아먹어서 먹이는 재미까지 있었다. 1호와는 다른 2호의 매력에 잘 먹는 애 키우는 맛도 느낄 수 있었다.

육아 하는 선배 맘들은 말한다. 내 새끼 입에 밥 들어갈 때가 가장 행복하다고. 내 새끼의 웃음소리가 가장 듣기 좋다고. 잠자는 모습은 지금도 천사 같다고.

하루 세끼 밥을 챙겨 먹는다는 것은 너무나 중요하다. 친정 부모님에게 안부 전화할 때도 어김없이 들려오는 물음이 밥 안부다. 우리네 엄마들이 밥 먹었는지 묻는 그것은 그저 단순한 궁금함이 아니다. 내 새끼가 잘 지내고 있는지, 별일 없는지. 걱정은 없는지를 묻는 것이겠다.

살다 보니 알게 된다. 엄마가 되고 보니 알게 된다.
밥 먹었냐는 말은 사랑한다는 말이라는 것을.
내가 너를 아주 많이 사랑한다고 고백하는 것이라는 것을.
불혹이 넘은 나이에 알게 되었다.
엄마가 되어 보니 알게 되었다.

10

그때는 미처 알지 못했다

언제나 다 그랬겠지만 요즘 들어 더욱더 살기 팍팍한 시대이다. 배춧값이 크게 올라 김장 김치 담그는데 허리가 휘더니, 만만하던 달걀과 김 가격까지 오른다. 하루 먹고살기가, 살아내기가 무척이나 힘들다. 애들 학원 개수는 점점 느는데 월급은 제자리에서 멀리뛰기를 하지 못하고 있다. 맞벌이하면 살림살이가 눈에 띄게 좋아질 줄 알았는데 더 사 먹고 더 쓰는구나. 물론 외벌이보다야 낫기는 하다.

저금을 더 많이 할 줄 알았는데 애들이 커 가면서 교육비가 날로 늘어만 간다. 먹기는 또 왜 이리 잘 먹는지. 삼겹살집에서 남편과 나는 서둘러 구운 고기를 진공청소기처럼 허겁지겁 먹어대는 1호와 2호의 배를 채우느라 고기 굽는 손이 쉬지를 못한다. 이제 나도 한 입 고기를 먹을라치면 계속 배고프다는 둥, 오늘은 고기가 더 맛있다는 둥 쫑알대는 통에 내 입에 들어갈 고기를 아이들의 앞접시에 살짝 올려놓곤 한다. 나와 신랑은 구운 마늘과 콩나물로 배를 채우고 있는 건 무슨 상황인지. 잘 크는 건 좋은데 살짝 억울하다고나 할까. 자식을 키우는 건데 빚쟁이인 것 같은 이 느낌은 착각인 걸까, 그냥 느낌인 걸까. 쓰지도 않은 돈을 대신 갚는 것 같다. 계속해서 돈이 필요하다. 아이들의 옷은 계속 작아지고 한 계절이 지나면 이 신발을 내가 산 게 맞는지 어이가 없을 만큼 작아져 발이 들어가지기가 않으니 당황스럽다.

내 어릴 적엔 몰랐었다. 왜 이리 긴 옷을 사 주는지. 바지는 두 번이나 접어야 맞는 걸 사 주는지. 이렇게 입으면 안 예쁘단 걸 나만 알고 엄마는 모르는 것 같았다. 옷도 중성적인 걸 산다. 물려줘야 하니까. 애 키우는데 포기한 것이 많았을 우리 부모님이다. 내가 클 때도 나의 부모님은 당신네 가진 것을 다 꺼내어 놓으셨을 것이다. 지금의 내가 내 새끼들에게 하는 것과 절대 다르지 않았을 것이다.

부모가 된다는 것. 무엇과도 바꿀 수 없는 행복감과 사랑을 주지만 무겁고도 버거운 책임감도 같이 온다. 나를 이렇게 온전히 잘 키우셔서 독립된 가정을 꾸리게 해 주신 부모님이 자꾸 떠오른다. 오늘 전화라도 드려봐야겠다. 감사하단 말을 미루지 말아야지. 나 살기 바쁘고 힘들다고 부모님께 소홀히 하지 말아야겠다. 생각은 하는데 또 생각뿐이면 안 된다. 뭐든 표현해야 하는 것이기에. 여기에 글로써 표현해 본다.

"감사합니다."

"존경합니다."

"사랑합니다."

11

매일 퇴근할 때 데리러 오는 남자

3교대 간호사인 나는 오늘 이브닝근무이다. 다른 간호사들과는 다르게 특별한 퇴근을 맞이한다. 이브닝근무는 오후 2시 40분부터 10시까지인데 퇴근 시간 무렵이면 항상 그는 나를 기다린다. 다른 간호사들은 홀로 퇴근하는데 나만 남편이 기다린다. 피곤함에 지친 나를 반겨주는 고마운 남편. 조수석에는 내가 타고 그는 운전대를 잡는다. 사실 나는 마흔이 넘으니 모든 노화가 눈으로 왔다. 안구 건조에 난시까지. 그래서인지 야간 운전은 더 조심조심하느라 속도를 못 낸다. 그리고 이브닝근무 퇴근 후 주차가 문제다. 나는 6년째 초보운전 딱지를 떼지 못하는 장기 초보운전자다. 한 번의 교통사고 후 평생을 초보운전 딱지를 떼지 않으리라 다짐할 정도니까. 주차하느라 야밤에 매일 난리인 것을 그는 너무나도 잘 알고 있다. 이브닝근무하느라 힘든데 퇴근 후 주차까지 하느라 용을 쓰는 나를. 당신도 일하느라 힘들었을 텐데 그는 나를 데리러 집에서 도보로 30분이나 되는 거리를 걸어온다. 추우나 더우나 나를 데리러 온다. 가끔은 뛰어서 오기도 한다는 말을 들었다. 퇴근 후 따뜻하게 데워진 조수석에 앉으면 저절로 집에 도착하는 호사로움을 느낀다. 완전 왕비 대접이구나. 오래 살고 볼 일이다.

사람은 죽을 때가 되어야지 철이 든다는데 우리 집 남편은 그 시기가 조금 앞당겨지는 것 같은 느낌에 기분이 좋다. 추측하건대 내가 전업주부 생활을 오래 하다가 다시 워킹맘이 된 후 그가 철이 든 거라 생각된다. 예전의 그는 퇴근 후 소파와 한 몸이었고 피곤하다면서 집에서 숨만 쉬며 살았었다. 여차저차해서 맞벌이로 전향한 우리 부부는 집안일과 바깥일을 나눠서 하는 처지가 되었다. 나는 바깥일이 만만치 않음을 느끼며 그에게 하는 잔소리가 1/10로 줄었다. 그는 집안일을 거의 제로에 가깝게 하다가 절반의 집안일을 도맡아 하더니 처음에는 입병도 났었다. 간호사인 나는 말없이 아시클로버 연고를 발라줄 뿐이었다. 내가 이브닝근무를 할 때면 아이들의 저녁 식사 준비는 오롯이 남편 몫이다. 아내의 손을 빌릴 수 없으니 오롯이 혼자 다 해내야 한다. 내가 주말 근무할 때도 집안일과 육아를 할 수밖에 없는 상황이라 미룰 수도 없다. 짧지 않은 시간 동안 깨달았으리라. 지금껏 아내가 만만치 않은 일을 해냈다는 것을.

우리는 서로가 서로에게 많은 고마움을 느낀다. 바깥일의 무게감과 책임감을 어깨가 무겁도록 느끼고 있다. 집안일의 만만치 않음과 해도 해도 끝이 안 나는 무한반복에 놀라며 반찬 투정 따위는 사라진 지 오래다. 철없음에 다투던 부부싸움은 멀리 사라지고, 서로의 주름과 흰머리를 바라보며 나이 들어가고 있다. 우리의 목표는 아이들의 육아 완성과 노후 준비로 좁혀지고 있다. 마음에도 없는 말을 해본다.

"내일부터는 힘들면 안 와도 돼."

"아니야. 운동도 할 겸 나오는 거야."

나는 그를 잘 안다. 고맙단 말을 못 하는 그를. 내일은 두루치기와 어묵볶음을 해야겠다. 그가 가장 좋아하는 반찬 두 가지를 준비하여 나도 고맙다는 말을 음식으로나마 표현해야겠다.

이러고 잠이 와?

"이러고 잠이 와?"

언젠가 어렴풋이 나의 친정엄마가 하시던 말씀을 남편의 입에서 들었다. 그럼요, 잠 잘 옵니다. 나란 여자는 말이지요. 이런 거 개의치 않는 여자랍니다.

결혼하기 전으로 거슬러 올라가 보면 나도 좀 깔끔하다는 말을 듣고 살던 사람이었다. 믿을 수 없겠지만 특히 정리는 좀 잘한다는 소리까지 들었다. 삶에 치이다 보니 현실과 타협하는 순간이 찾아온다. 눈으로 봤지만, 모른척하는 순간들 말이다.

요즘의 일상을 나열하자면 다음과 같다. 워낙에 3교대 간호사와 간호학원 강사로 바쁜 일상을 살아가는 나다. 얼마 전 일만 하며 사는 일상에 지루함을 느껴 일탈을 시도했다. 그것은 바로 브런치스토리 작가 되기였다. 막연한 버킷리스트인 출간 작가의 꿈을 위해서 한 걸음 내디뎌보는 첫 번째 길이 브런치스토리 작가라고 생각되었다. 벌써 작가가 된 지 3개월이라는 시간이 흘렀다. 나의 일상에는 기존의 시간을 더욱 쪼개어서 운동, 독서, 글쓰기라는 3가지의 미션이 추가되었다. 그리고 이를 인증하는 삶을 살고 있다. 정말이지 인생을 좀 더 부지런히 살려고 하루를 꽉 채워서 살고 있다.

하루에 주어진 시간은 한정되는데 이리도 많은 것을 하려면 일부는 포기해야 하는 순간이 온다. 이것을 인정하게 된다. 그러한 시점이 반드시 다가오게 된다. 지금 우리 집의 거실 상황은 이름하여 빨래 무더기이다. 오늘 오전은 간호학원의 강의가 있었다. 겨울방학인지라 아이들의 점심을 챙기고 부랴부랴 빨래하고 건조기를 돌렸다. 오후에 건조기에서 꺼낸 빨래가 누구나 다 자야 하는 늦은 밤까지 그대로 있다. 집안에 나만 있는가? 아니다. 우리 가족 모두 다 있다. 다 같이 저녁을 먹고, 오손도손 이야기하고, 같이 과일까지 먹으며 텔레비전도 보는 시간을 가졌었다. 그중 누구 하나 빨래를 개는 이가 없다. 일단 내가 시작하면 하나둘씩 붙어서 빨래 정리를 한다. 하지만 지금 나는 저녁 설거지하고 실내운동 중이다. 가끔은 내 눈을 의심해 보곤 한다. 거실 한가운데에 이렇게나 떡하니 빨래 무더기가 있는데 우리 가족들은 이것이 안 보이는 걸까? 아니다. 보인다. 왜냐하면 빨래 무더기를 밟고 다니는 이 하나 없고 요리조리 빨래를 피해서 돌아다니는 장면을 목격했기 때문이다. 이 빨래 무더기는 내일까지 있겠구나. 어쩌면 모레까지도.

집안일을 최대한 게으르게 하기 위한 비밀을 하나 공개하겠다. 그 첫 번째는 개수 늘리기이다. 필요한 반찬통보다 개수를 더 산다. 냉장고 속, 설거지통 속, 여유 반찬통까지 있으면 설거지는 급하지 않은 일이 된다. 또한 수건, 팬티, 양말의 개수를 늘린다. 수건은 일주일 동안 빨래를 안하고도 견딜 만한 개수를 항상 준비하고, 팬티와 양말은 단수가 되더라도 2주는 버틸 수 있게 넉넉한 개수가 있다.

그냥 못 넘어가는 것이 하나 있었으니 식사 준비다. 다른 건 넘어가도 밥은 해야 하니. 일부의 반찬은 사 먹는다. 언제 생길지 모르는 응급상황에 대비하여 냉동식품으로 냉장고는 터지기 직전이다.

집안일을 조금 미루면 장점도 있다. 빨래 개기를 살짝 미루면 다음 날 진기명기 장면이 관찰된다. 그날 입을 옷을 아이들과 나의 남편은 빨래 무더기에서 스스로 골라 입는다. 조금 게으르게 정리하는 것이겠지만 막상 내가 접을 빨래의 양이 적어지는 기적을 경험하게 된다. 설거지를 살짝 미루었을 때는 밥을 하면서 설거지를 동시에 하는 멀티플레이어의 나를 만나게 된다. 화장실 청소를 살짝 미루었을 때는 샤워하면서 청소하는 나를 만나게 된다. 그리고 주말에 집안일을 살짝 미루면 우렁각시 같은 남편이 밀린 집안일을 싸악 해 놓을 때도 가끔 있다. 아주 가끔이지만.

집안일은 적당히 모른척하다가 온 식구가 다 쉬는 주말이면 반갑게 마주한다. 안녕~ 집안일. 창문을 열어 시원하고 깨끗한 공기가 들어오면 일단 가족들에게 맛난 밥을 제공한다. 일꾼들은 배가 불러야 많은 일을 할 수 있으니. 구석구석 반나절 동안 열심히 움직인다. 혼자 하기는 너무 힘드니까.

모든 것을 완벽하게 하려고 하면 금세 번아웃이라는 녀석이 나의 발목을 잡을 것이다. 매일매일 치열하게 살아가다 보면 가끔은 지치고 힘들 때도 있다. 사소한 것에 화를 내거나 짜증을 낼 때도 있다. 나는 직업적인 사명감이 투철한 일에는 최선을 다하여 완벽한 일 처리를 할 것이다. 하지만 나머지의 일에서는 너무 완벽히 하려고 하지 않을 것이다. 약간의 빈틈이 있는 삶을 사는 것도 꽤 괜찮다. 그냥 인간적이라고 해두면 좋겠다.

13

개학이 그리운 이유

워킹맘인 나는 매일 제대를 앞둔 군인처럼 날짜를 카운트하고 있다. 디데이는 바로 개학식이다. 이날을 손꼽아 기다린다. 겨울방학이 아직도 한참 남은 지금은 아직도 2월 초다. 이토록 개학을 기다리는 특별한 이유가 있냐고 누군가 묻는다면 단연 답은 급식이다. 너무 솔직하게 글을 쓰는 것 아니냐고 하셔도 어쩔 수 없다. 현재의 내 솔직한 심정이다. 애 키우는 아줌마이다 보니 맨날 밥 타령이다. 내 새끼 입에 먹을 것이 들어가는 것은 상상만 해도 기쁜 일이라는 것을 결혼하기 전에는, 아니 아이를 낳기 전에는 미처 깨닫지 못한 사실이다.

예전의 뉴스 기사가 어렴풋이 기억난다. 학교 급식에 대한 예산 집행에 대한 뉴스였다. 학교에 밥을 먹으러 가냐는 푸념 섞인 의원들의 말에 발끈한 적이 있다.

"학교에 밥 먹으러 가는 것은 아니지만, 밥도 먹으러 가는 거지요."

흔한 사회의 우스갯소리 중 하나가 학교에 밥 먹으러 가냐는 말이다. 아이들은 학교에 가서 국, 영, 수와 기타의 과목들을 배운다. 그리고 작은 사회생활을 경험하게 된다. 친구들과의 관계, 선생님들과의 관계, 시험, 성적, 평가. 이런 것들을 경험하게 된다. 그리고 하나 중요한 것이 있다면 그것은 급식이라 생각된다.

자, 솔직히 이야기를 해보자. 우리는 회사에 왜 출근하는가? 직업이라는 것은 생계를 목적으로 내 노동력을 제공하는 것을 업으로 하는 것인데 반드시 급여의 제공이 있어야 한다. 우리는 급여를 받지만, 일정 시간 이상의 근로를 제공할 때 회사에서 식사제공도 하지 않는가? 물론 식대를 주는 회사도 있다. 나의 경우는 입원환자를 대상으로 하는 병원급 의료기관에 종사하는 간호사이다 보니 병원에서 식사제공을 해준다. 유독 너무너무 일이 힘든 날이 있다. 그럴 때 아주 맛있는 반찬이 나오는 식사를 제공받는다면 무척이나 힘이 날 것이다. 이토록 사람은 먹고사는 것이 중요한 것이니. 그러면 결론은 회사에 일도 하러 가지만, 밥 한 끼도 먹으러 가는 것이다.

우리네 사는 세상과 아이들이 사는 세상은 책임감 등에서 약간의 차이가 분명히 있겠지만, 겉으로 보기에 별반 다를 바 없이 바쁘게 흘러간다. 하루의 시간 중에서 어른들은 일하느라 쉼 없이 시간이 흘러갈 것이다. 개학한 아이들은 학교생활과 학원 스케줄로 하루의 시간을 꽉 채워 사는 경우가 많다. 대부분은 아침, 저녁은 가정에서 해결이 되겠지만 하루의 중심인 점심은 밖에서 해결하는 경우가 대부분이다. 방학을 제외하고는.

너무 바쁜 겨울방학인 요즘, 워킹맘인 나에게는 더욱 휴식이 필요하다. 다시 한번 누군가가 나에게 아이들이 학교에 밥 먹으러 가는 거냐고 묻는다면 나는 학교에 밥도 먹으러 간다는 말에 한 표를 던질 것이다. 먹는 것은 이토록 우리에게 중요한 일이다. 얼른 개학해서 아이들이 하루에 한 끼는 급식을 먹고 왔으면 좋겠다. 장금이의 손맛을 타고나지 못한 내가 안타까울 뿐이다.

시간이 흘렀다. 그렇게 기다리던 그날이 가까워졌다. 입을 가리고 말한다.

"어째, 방학이 얼마 안 남았네."

아이들은 포효한다. 나는 살짝 입을 가린다. 고개도 살짝 돌린다. 싱긋 웃어야 하기 때문이다. 지금껏 참아왔다. 개학 날이 오기만을. 화 한번 안 내고서 방학을 보냈는데 마무리도 잘해야겠지. 제발 하루에 한 끼는 나가서 먹고 오고, 피곤한 채로 만나자꾸나. 저녁마다 보드게임 하는 것도 이젠 힘들구나.

1호와 2호야. 너희들은 아직 모르겠지. 너희가 집에서 놀고먹을 때 엄마 아빠는 일하고 와서 몹시 피곤하단 말이지. 퇴근 후의 끝없는 육아시간으로 낮잠 한번 푹 잔 게 언제인지 기억이 가물거리는구나. 개학하면 각자의 본분에 충실해 보자. 엄마아빠는 하던 일 계속할 테다. 이제 학생은 학교를 가서 학교생활을 하거라. 우리는 서로 너무 사랑하지만 각자 인생 각자 사는 거야. 내가 니 인생을 대신 살아줄 수는 없잖니. 아프지만 않으면 너무 좋겠구나.

14

나중에 나중에 나중에

남편의 입에서 들리는 말 중에 가장 듣기 싫은 말이 있다.

"나중에, 나중에, 나중에."

어쩜 저 말은 들을 때마다 듣기가 싫은데, 들을 때마다 심기가 불편하다. 그리하여 나는 이 말을 거의 사용하지 않으려 노력하고 있다. 특히 남편은 집안일을 해야 할 때 이 말을 자주 한다.

가만히 속내를 들여다보자. 나중에 한다는 말은 무엇인가. 겉으로 보면 나중에 한다는 말은 지금 하지 않겠다는 뜻이고, 내일이나 모레로 그 일을 미루겠다는 의미이다. 그러나 그 '나중에'가 한 번이 아니고 여러 번 횟수를 거듭한다는 것은 그 일을 하겠다는 의지가 거의 없는 것으로 안 하겠다는 것이다. 겉으로 봤을 때는 나중에 '한다'라는 긍정적인 말로 포장된 '안 한다'라는 의지를 강하게 내포하고 있는 오묘한 표현인 것이다. 나중에, 나중에, 나중으로 미루다가 인생 끝나겠네. 이러다가 여름이 다시 올지도 모르겠다.

입동이 지난 지 한참 뒤인 11월인데 아직도 선풍기 4대는 우리 집 거실

구석에 줄을 서 있다. 1인 1선풍기를 사용하는 우리 집인데 아무리 워킹맘으로 바쁘다는 핑계를 대려 해도 패딩을 입는 한파주의보에 선풍기 행렬은 좀 너무했다. 양심도 없다. 계단 운동 가기 전 선풍기 팬 머리를 분해하여 욕조에 집어 던져두고 본체는 물티슈로 대강 닦아두었다. 1주일 전 즈음에 청소하려고 꺼내둔 것을 지금껏 미룬 것이다. 아차차. 에어컨 필터도 닦아야겠다.

살다 보면 삶에서 내가 생각하는 우선순위에서 밀려나는 것들이 있다. 누구에게나 있는 법이니 인간적이라고 해 두자. 하지만 너무 많이 미루면 안 되는 것들도 있는 법이다. 뭐든 때가 있다는 말이 있다. 그때를 놓치면 다시 돌이키기 힘든 일도 있는 것처럼. 오늘은 도저히 미룰 수가 없다. 우선순위에서 밀리는 것들도 너무 늦지 않게 챙겨야겠다. 선풍기 팬 머리 부분을 욕조에 담가놨으니 씻지 않을 수 없다.

이따가 가습기도 꺼내야겠다. 아니, 오늘 꺼내야겠다. 아니, 바로 지금.

(걸음 넷)

엄마로만 살지 않겠어

아이들은 나이 들어서도 도전하는 나를 어른으로 좀 더 신뢰하는 듯했다. 나는 좀 더 나를 가꾸고 사랑해야겠다. 그것이 우리 아이들을 위한 길이기도 하다는 것을 오늘, 이제서야 깨달았다. 난 엄마다. 일하는 당당한 엄마다.

1

엄마처럼 살고 싶어요

투닥투닥. 소나기 소리 같은 자판 소리가 요란하다. 브런치스토리 작가가 된 후로 요즈음 나는 출간 작가가 될 거야를 외치며 글쓰기에 매진하고 있다. 키워드, 퍼스널블랜딩, 뭐 이런 거는 잘 모르겠고 일단 매일매일 글을 한 편씩 써 내려가고 있다. 벌써 넉 달이 넘는 시간이 흘렀다. 저녁밥을 차려 먹고 설거지한다. 이제 애들을 각자 자기 방으로 보내어 스스로 공부하게 한 후 슬며시 노트북을 꺼내어 자판에 피아니스트처럼 손을 올려본다. 주어진 공부를 다 하고 보상으로 게임까지 다 한 후에야 1호가 곁으로 온다. 옆에 앉더니 나의 어깨에 몸을 기대더니 문지르기 시작한다.

"잠깐만~ 엄마 오늘 데이근무하고 와서 온몸이 다 쑤셔. 오늘은 엄마가 좀 피곤해서 미안."

너무 피곤하니 좀 떨어지라는 말을 이런 식으로 내뱉고 나니 뻘쭘했던 나는 한마디를 더 건넸다.

"엄마가 쓴 글 볼래?"

엄마에게 기대고 싶었던 1호는 입가에 미소가 번진다. 평소에는 감정표현을 자제하는 녀석인데 좋은가 보다. 나 나름 작가야, 브런치 작가!

자식한테 보여주는 거는 최대한 좋은 걸로 주는 거니까. 브런치 작가에 합격된 글과 매거진 글 중에서 댓글이 가장 많은 글. 두 개를 보여주었다. 이거 괜히 떨린다. 과일이라도 깎아줄까 하다가 다시 엉덩이를 아이 옆으로 붙여본다. 잘 읽고 있니? 읽을 만한가? 느끼는 바가 있었으려나?

조용히 읽더니 두 마디를 한다.

"이걸 4시간이나 썼다구요? 잘 썼네요. 나 엄마처럼 살고 싶어요."

"엄마가 어떻게 사는데?"

"엄마는 일도 하고, 글도 쓰고. 도전하잖아요."

오케이~ 사춘기는 게임 끝이겠구나. 1호가 비뚤어지거나 하는 일은 없을 거라는 확신이 든다. 뭐든 어른이 본보기를 보여주라는 말이 있는데, 이게 지금 상황을 두고서 하는 말이구나. 책 읽어라 공부해라 잔소리 다 필요 없구나. 엄마가 책 읽고, 도전하는 모습을 보여주는 것. 이게 바로 본보기구나.

의도치 않게 엄마가 브런치 작가가 되는 그 모든 과정을 아이들이 지켜봤다. 밥하는 사람으로만 알았던 것 같은데 나를 바라보는 아이들의 눈빛이 달라졌다. 나이 들어서도 도전하는 나를 어른으로 좀 더 신뢰하는 듯했다. 나는 좀 더 나를 가꾸고 사랑해야겠다. 그것이 우리 아이들을 위한 길이기도 하다는 것을 오늘, 이제서야 깨달았다.

나는 왜 일하는 걸 미안해하지?

'아이는 아빠가 세계에 나가면 당연히 여긴다.

아이는 엄마가 세계에 나가면 자길 버렸다고 생각한다.'

정확하지는 않지만, 작년에 읽은 책에서 이런 느낌의 문구를 보고서는 가히 충격을 받았던 기억이 있다. 누가 뭐라 하지 않았다.

"나는 왜 일하는 걸 미안해하지?"

다시 3교대 정규간호사로 일을 시작하던 때가 생각난다. 남편과 나는 둘 다 일을 한다. 그와 나는 똑같이 바깥일을 한다. 그는 당당하고 나는 주눅 들어 있다. 그가 출장을 다녀오면 그는 일을 하고 온 것이므로 가족 앞에 당당하다. 내가 야간 근무를 하고 오면 나는 가족 앞에 미안함 가득하다. 특히 아이들을 안타깝게 바라본다. 명절에 시댁에 갔는데 그가 일을 하느라 늦게 오면 그는 일을 하는 사람이라서 당당하다. 나이트근무를 끝나고 퀭한 얼굴로 명절에 시댁을 가면 나는 미안하다. 일을 하고 와서 밤을 꼴딱

새운 후다. 아침을 먹고 겨우 설거지했다. 너무 졸려서 시댁 어디 구석에서 쭈그려 자는데도 나는 모두에게 너무 미안하다. 나는 왜 미안함을 느끼는 거지? 내가 놀다 온 것도 아닌데 왜 미안함을 느껴야 하는 거지?

이건 아마도 육아의 무게가 엄마로 쏠리기 때문인 것 같다. 시어머니는 내가 일을 함으로써 아이들을 소홀히 육아하는 것에 대하여 아쉬움을 토로하신다. 이럴 때마다 나에게 죄책감을 선물하시는 것 같아서 마음 한구석이 몹시 저려온다. 계속 이런 식이라면 나는 이것도 저것도 아닌 인생을 살게 될 것이다. 직장에서는 마음 편히 일할 수 없고 집에서는 일하는 죄인으로. 그렇게는 살 수 없다.

남편과 나는 둘 다 우리 가족의 중심이다. 같이 우리 가족을 책임지는 상황이다. 그는 가족을 위해서 일을 하고, 육아한다. 나도 가족을 위해서 일을 하고, 육아한다. 물론 육아에 빈틈이 생기는 것에 아쉬움은 있지만 죄책감까지 가질 필요는 없겠다. 이젠 당당해질 테다. 자신감 넘치는 모습으로 내 삶을 살아가는 엄마의 모습을 보여주는 것이 아이들에게도 좋겠다는 결론을 내본다. 나와 우리 가족을 위해 일하는 내가 좀 더 건강한 몸과 마음을 갖는 것이 중요하겠다.

난 엄마다. 일하는 당당한 엄마다.

3

번아웃이 오기 전에

대부분의 직장인은 열심히 일한 대가로 가끔 번아웃에 빠져들곤 한다. 열심히 일을 해야 하는 것은 맞으나 너무 열심히 일한 대가로 지쳐버리곤 한다. 이러한데 워킹맘의 경우는 얼마나 더 할 것인가.

나도 예외는 아니다. 지난 1월의 경우이다. 근무표가 나왔다. 방학인데 무려 5일 연속의 휴가가 나왔다. 간호사의 3교대 근무표는 들쑥날쑥한데 이런 경우는 방학에 아이들과 보내라는 수선생님의 배려인 듯했다. 뭐든 과하면 안 되는 법이다. 방학이 시작된 지 얼마 안 된 시점이었기에, 겨울 방학을 잘 보내야 한다는 것을 아는 나이기에, 아이들의 공부 실력이 향상되었으면 하는 나이기에 욕심이 앞섰다. 아이들과 상의하여 공부 계획을 짰고 문제집을 결정했다. 너무 공부만 할 수는 없으니, 격주로 어디로 놀러 갈 것인지 대강 계획을 짰다. 워킹맘인지라 방학에는 부모의 부재 시 점심을 챙겨 먹어야 하는 때가 있는데 간단 조리 음식을 찾아서 인터넷에서 서핑을 하기도 했다. 학교의 홈페이지에 올해의 학사일정이 아직 나오지 않음에 열을 올리던 참이었다. 참 바쁘게도 5일의 휴가는 지나갔다.

오랜만에 퀭한 모습으로 다시 출근한 나에게 동료 간호사들은 안부를 물었다.

"어떻게 된 거야? 못 쉬었어요?"

"나 입병 났어요. 낫지를 않네요."

과한 나의 욕심이었으리라. 좀 무리하게 일을 하는 경우라면 간혹 입병이 나기도 한다. 면역력이 떨어져서인지 나는 입병이 나면 단순히 물집만 생기는 것이 아니라 꼭 궤양까지 진행하여 약을 먹는 때도 있다. 입에 뭘 바르고 약을 먹고. 방학이니까 좀 편하게 쉬는 것도 괜찮았을 텐데. 욕심이 화를 일으켰다. 결국 피로에 지친 나는 며칠을 더 쉬어야 했고 아이들은 즐거운 방학을 보내는 중이다. 방학 중에 공부도 중요하겠지만 방학이니까 쉬는 것도 아주 많이 중요하겠다.

번아웃이라는 것이 열심히 사는 대가로 찾아오는 거라고 하는데 사람이라서 우리는 쉴 때 쉬어야 한다. 그래서 휴일이 있고 쉬는 시간이라는 것이 존재한다. 쉬지 않고 달리는 자동차의 수명은 길지 않을 것이다. 중간중간 쉬어주고 엔진오일도 교체해 주고. 신경 쓸 것이 아주 많다. 이렇게 나에게 신경을 써주어야 한다. 번아웃이 오려 하기 전에 중간중간 쉬어주는 여유. 그것이 필요하다.

내가 좋아하는 커피 한 잔의 여유를 가져본다. 낭비되는 시간이라 생각하지 않는다. 충전하는 시간이라고 생각한다.

4

눈앞의 '현실월급'을 마주할 때

그대들은 매월 받는 월급에 만족하시는가? 직장에 다니는 사람이라면 매월 정해진 날에 누구나 월급을 받는다. 월급날을 기점으로 각종 공과금과 카드값이 빠져나가고 나면 진정으로 내가 쓸 수 있는 돈이 남는데 그것 참 초라한 액수다. 거의 용돈 수준이라고 하는 것이 맞을 것이다.

"퍼가요~ 퍼가요~"

가끔은 야속하게 느껴지는 4대 보험료와 세금도 너무 많은 것 같다. 입사할 때 약속했던 연봉이 그대로 입금되지 않는다는 사실을 이미 인지했지만, 현실로 마주치는 통장의 잔액은 민망하기 짝이 없다. 상투적인 표현으로 쥐꼬리 같은 월급이라는 말이 무엇인지 확실하게 느껴지는 지점이라 하겠다.

직장을 다니다 보면 퇴사를 결심할 때도 있고 그것을 이루어낼 때도 있다. 퇴사와 이직 사이에 백수로 지낸 시간이 존재했다. 이때가 비로소 월급의 중요성을 제대로 실감하는 때라고 하겠다. 이것저것 다 퍼가고 남은 액

수가 적다고 투덜댈 일이 아니다. 퍼갈 돈도 없는 현실 속에서는 아직 생기지도 않은 미래의 돈을 끌어당기게 하는 상황이 온다. 신용 카드를 쓰게 한단 말이다. 신용 카드를 쓴다는 말은 미래의 내가 벌 예정인 돈을 미리 당겨서 쓰는 것을 의미한다. 계속해서 일을 해서 근로의 대가로 돈을 벌 때는 문제가 안 된다. 하지만 퇴사한다면 그 상황은 더욱 어려워진다. 매달 나가는 할부금이라든지 이미 써버린 결제 대금이 청구된다. 돈의 순환이 이루어져야 하는데 한 군데에서 막혀버리면 곤란하다. 그러니 퇴사를 결심하는 데는 신중해야 한다.

요즘 너무 불경기가 심하다. 존버라는 말도 심심치 않게 들려온다. 더구나 아이를 키우는 워킹맘이라면 맞벌이라 하더라도 열심히 일을 해야 한다. 내 연봉을 늘릴 수 있다면 너무 좋겠지만 그러기 힘들다면 마음가짐을 고쳐보는 것도 중요할 것 같다. 다들 퍼가고 남은 내 월급의 잔액이 적더라도 일단은 나를 위한 칭찬 한마디를 준비하자. 이번 달을 잘 살아낸 나에게 셀프 쓰담쓰담도 표현을 해보는 거다. 이번 달에 일을 열심히 해내었기에 각종 공과금과 세금을 낼 수가 있었다는 사실을 잊으면 안 된다. 주어진 상황이 만족스럽지 않더라도 투덜대기보다는 내 자리에서 최선을 다하는 자세가 중요하겠다. 그리고 다음 달에도 월급을 받을 수 있게 최선을 다해야 한다.

하루하루가 쌓여서 한 달이 되고, 일 년이 되고. 그렇게 시간은 흘러간다. 내가 오늘 하는 일이 소중하고 귀한 일이라는 사실을 잊으면 안 된다. 오늘도 외쳐본다. 나는 귀한 사람이다. 내가 하는 일은 귀한 일이다.

이렇게라도 마셔야 하는가

이름만 들어도 설렌다. 매일 만나는 너지만 만날 때마다 나를 기분 좋게 만드는 너. 난 네가 너무 좋다. 커피믹스. 너 없이는 살 수가 없는 지경이다. 인정한다. 난 커피믹스와 사랑에 빠진 지 아주 오래되었다. 우리가 사랑에 빠진 지는 스무 살부터라고 치면 햇수로 25년째다. 참 지독히도 사랑했구나. 그러던 어느 날 난 그와 두 번의 이별할 위기에 처했다. 하늘이 무너지고 삶의 낙을 잃어가는 것 같았다. 그와 생이별을 한 나는 상사병 걸린 사람처럼 웃음기라곤 없어 흔히 말하는 매가리가 없는 상태였다.

아침에 출근할 때 나는 간단하게라도 요기하는 편이다. 남편은 내가 힘을 내려고 아침을 먹는 줄 아는 데 아니다. 난 빈속에 커피를 마시고 위경련이 있었던 적이 있어서 커피를 마시기 위해서 밥을 먹는 사람이다. 주객이 전도된 기분이지만 어쩔 수 없다. 난 커피를 편안하게 마시기 위해 아침밥을 먹는다.

적지 않은 나이에 다시 3교대 간호사로 야간 근무를 시작한 지 4개월 정도 후 심장이 너무 두근대는 것을 느끼고 병원에 찾았다. 심실 조기 수축, 부정맥이란다. 술, 담배를 안 하는 나에게 의사는 커피까지 끊으란다. 나에게서 유일한 삶의 낙을 모조리 빼앗긴 기분이다. 부정맥 진단을 받을 때보다 그와의 이별에 난 더 슬퍼했다. 우리의 이별은 단번에 이루어졌고 나의 일방적인 이별 통보로 그렇게 끝이 났다.

그리고 또 일 년여의 시간이 흘렀다. 야간근로자는 매년 야간근로자 특수건강검진을 받아야 한다. 나름 건강관리를 하는 나였지만 이제 마흔이 좀 넘은 나는 야간근로자 건강검진에서 공복혈당 장애 판정을 받았다. 앞으로 혈당을 관리하지 않으면 당뇨로 진행할 가능성이 10% 정도다. 이번에는 당과의 싸움이다. 바로 쌀밥에서 카무트 밥으로 바꾸고 채소를 우적거리고 순수한 당 섭취를 자제하고 있다. 자연스럽게 커피믹스는 더욱더 멀리하게 되었다. 정말 아주 가끔 몰래몰래 입을 맞추던 그와 만남은 이제 영영 끝인 건지 못내 입술에 침을 바르며 입맛만 다셨다.

근무를 안 하는 때는 커피를 안 마실 수도 있는데 너무 힘든 데이근무 때는 커피 한 잔을 마시고 업무에 투입이 되는 것이 신체적으로나 정신적으로 부담이 덜하다. 마치 대화 화법 중의 아이스 브레이킹 같은 느낌이랄까. 정작 내가 할 말을 꺼내기 전에 '불편하시겠지만, 수고스러우시겠지만, 괜찮으시다면' 등의 쿠션 언어 같기도 하다. 그러면 좀 더 부드러운 분위기를 형성하니 살짝 기분 좋은 상태로 힘겨운 근무 현장에 뛰어들 수 있다.

도저히 이렇게는 살 수 없다. 어제 우연히 휴대전화의 구석에 나의 사랑을 다시 만날 것 같은 광고가 스쳤는데 내 매의 눈은 그것을 놓칠 리 없다. 나한테 딱 맞는 사랑을 찾은 것처럼. 이름하여 커피믹스인데 스테비아가 들어간 것이다. 예전에 먹어보긴 했는데 지독히도 달아서 커다란 머그잔에 물을 가득 받아서 마셨었다. 그런데 이번에 디카페인도 나왔다는 것이다. 어쩜. 나한테 취향 저격이다. 부정맥이 있는 나를 위한 디카페인에, 공복혈당장애를 가진 나에게 스테비아 커피란다.

아마 이 글을 읽는 독자분들 중에 굳이 그렇게까지 커피를 마셔야 하나 물을 수 있다. 난 그렇게라도 그와의 인연을 이어가고 싶다. 정말 하루를 보내는데 잠깐의 휴식이자 위안이 되는 커피 한 잔의 여유가 나에게는 너무 필요하고 행복하기에. 그리고 이상하게도 혼밥, 혼술은 어색하지만 혼자 마시는 커피 한 잔은 오롯이 혼자임을 즐기는 시간으로 아주 만족스럽다.

화살표 하나를 꾸욱 눌러본다. 내일이나 모레쯤으로 약속이 생길 것 같다. 그쯤이면 택배 아저씨가 우리 집 앞에 살포시 나의 그를 데려올 테니까. 우린 금방 다시 만날 수 있다. 나는 벌써 설레는 그와 만남을 준비하며 내가 가장 좋아하는 코렐 머그잔을 꺼내어두려 한다.

내가 너무 주절거렸나 보다. 나는 양심도 없는지. 솔직히 지금까지 어쩌고저쩌고 떠들어댄 말들은 다 핑계다. 난 그저 커피를 마시는 것에 대한 그럴싸한 핑계를 점잖게 늘어놓은 것뿐이다. 그냥 나는 커피라는 약물에 중독되어 끊으라는 심장내과 의사의 말을 안 듣는 중인 거다. 술과 담배를 안 하는 나에게 하나밖에 없는 내 삶의 즐거움인 커피를 끊으라니 정말 세상은 나에게 너무 가혹하다. 거의 매일 커피를 두 잔씩 마시던 내가 일주일에 서너 번 마실까 말까이다.

정말이지 이렇게까지 커피를 끊지 못하는 나는 여느 흡연자와 다를 바가 없다. 흡연 예방 교육 강사로 활동한 적이 있다. 1월 1일마다 흡연자들은 각서를 많이 쓴다고 한다. 금연하리라 굳은 결심을 하며 결의를 다진다. 며칠이 지나 한 달을 지나지 못한다. 정말로 금연에 성공하기는 3퍼센트 정도로 성공률은 희박하다. 그 3퍼센트 안에 내가 들어갈 리는 만무하다. 솔직히 그러기 꺼! 려! 진! 다!

다음번에 심장내과 진료를 볼 때 담당의와 한판 붙어야겠다.

"그동안 나 커피 못 마셔서 힘들었거든요. 내 몸을 잘 진찰해 주세요. 약 잘 먹고, 운동도 매일 열심히 할 테니 하나만 허락해 주세요. 일주일에 디카페인 스테비아 커피 한 잔과 디카페인 커피믹스, 심플라떼 한 잔은 마셔도 될까요?"

이토록 운동하려는 이유

1. 세탁기 돌리기

2. 건조기 돌리기

3. 식기세척기 돌리기

4. 인덕션에 물 끓이기

운동을 시작하기 전 나의 루틴 습관이 있다. 위의 4가지 중에서 한두 개에서 네 개까지를 하고서 운동을 나가는 편이다. 워킹맘으로서 시간을 줄이고자 하는 내 꼼수다. 기계를 활용해서 내 노동력을 대신하는 것도 있지만 집안일하는 그 시간을 나에게 쓰고자 하는 것이니 가전제품을 사는 데 들인 돈이 전혀 아깝지 않다. 무려 19킬로짜리 세탁기와 16킬로짜리 건조기를 사용하는 나는 빨래를 돌리는 날이면 무려 두 번이나 돌린다. 아침에 깨자마자 한 번 돌리고 아이들 등교를 돕는다. 첫 번째 세탁기가 다 돌아가기 전에 아침 설거지까지 마치는 것이 첫 번째 미션이다.

띠리링 경쾌한 세탁기의 첫 번째 알람이 울리고 나면, 바로 건조기로 빨래를 이동시키고 두 번째 세탁물은 세탁기에 들어간다. 물론 애벌 설거지한 그릇이 들어있는 식기세척기도 작동 시작이다. 정수기를 사용하지 않는 나는 인덕션 위의 큰 냄비에 물을 끓여 마시는데 인덕션도 타이머를 맞추고 작동 중이다. 하도 자주 끓여서 넘치지 않을 시간도 알고 있다. 모든 창문을 열어 환기를 시킨 후 운동화에 발을 쏘옥 집어넣는다. 이제 운동 나갈 시간이다.

운동시간은 대략 30~40분 내외로 계단 오르내리기이다. 돈도 안 들고 꽤 힘들어서 땀이 마구 샘솟는다. 난 편안히 운동에 집중하면 된다. 주인 없는 빈집은 온갖 기계음으로 요란하다. 운동을 마친 후 집에 돌아오면 인덕션과 식기세척기는 할 일을 다 했고 난 샤워하면 된다. 또 빨랫거리가 나왔지만 괜찮다. 건조기에서 갓 꺼낸 뽀송하고 따뜻한 옷을 걸칠 수 있으니.

나 대신에 살림을 대신해 주는 가전 이모님들이 없었다면 편안한 운동시간은 확보가 가능하지 않았으리라. 부디 우리 집 이모님들의 수명이 길기를 바란다.

이제 두 번째로 건조기를 작동시키면서 무선주전자에 물을 끓인다. 커피 한 잔과 함께 조용히 독서하는 시간을 가져보는 것도 괜찮겠다. 눈앞에 보이는 건조된 빨래 무더기는 오후 늦게나 각자 자리를 찾아갈 것이다. 집안일하는 아이들이 잘 자란다는 말을 나는 1호와 2호에게 적절히 적용 중인 스마트한 엄마니까.

내가 이토록 운동하려는 이유가 한 가지 있다. 그것은 바로 아픈 엄마 때문이다. 나에게는 어릴 때부터 아픈 엄마가 있다. 어린 시절부터 지금까지 엄마에 대한 기억은 거의 다 아픈 엄마라는 공통된 기억이 대부분이다. 정확한 진단명이라고는 없이 그저 신경통이라는 의사의 말만 반복해서 들었다. 전신이 돌아가면서 아프다고 하신다. 특히 허리와 다리가 아파서 거동 장애는 아니지만 오래 걸으면 힘들어하신다. 이미 허리 수술은 한 차례 하신 후이다.

엄마의 말씀대로라면 둘째를 낳고서부터 계속 몸이 아프셨다고 한다. 허리가 계속 아프더니 다리의 지속적인 통증이 오시더란다. 젊은 시절부터 워낙에 깔끔한 성품으로 우리 집은 언제나 모델하우스 같았다. 나는 모두의 집이 이렇게나 완벽한 줄 알았는데 친구들 집에서의 인간적인 모습에 너무 충격을 받은 기억이 난다. 너무나 열심히 집안일한 덕분에 수근관증후군으로 양쪽 손을 전부 다 수술하셔서 이제는 간단한 집안일을 하실 뿐이다. 허리와 다리의 통증으로 전국의 유명한 병원을 다 찾았지만 약 먹을 때 그때뿐이다. 안부 전화를 할라치면 오늘도 너무 아프다, 아파 죽겠다는 식으로 통증에 대한 괴로움이 섞인 하소연이 대화의 주를 이룬다. 이런 식의 대화를 지속적으로 듣는 나는 친정엄마와의 대화를 가끔은 피하곤 할 때도 있다. 전신통증에 약간의 우울증까지 오신 엄마와의 대화는 열심히 살아야 한다는 활활 타는 나의 마음에 가끔 잿더미를 뿌림 당하는 기분이 들 때도 있어서이다. 여기저기서 좋다는 약을 많이 드셔서인지 약물부작용으로 한쪽 귀의 청력이 많이 떨어져서 가끔 보청기를 사용하신다.

집안에 아픈 사람이 있다는 것은 따뜻한 집안 공기 대신에 약간 서늘한 공기가 맴도는 것을 의미한다. 항상 걱정하고 아픈 사람을 배려해야 하고 같이 있는 사람의 기운까지 다 빠진다. 그렇게 나는 자라왔다. 자연스럽게 착한 아이 증후군에 빠진다. 남의 부탁을 거절하지 못하고 착한 아이로 살아왔다. 이것을 고치는 데에는 꽤 많은 시간과 노력이 필요했다.

나는 이런 엄마가 되고 싶지는 않다. 내가 건강해야 내 가족을 건강하게 지킬 수 있다. 그리고 내가 건강해야 깔깔거리는 웃음소리가 넘치는 우리 가족의 모습을 지속할 수 있다. 그리고 나에게는 아직 해야 하는 일들이 많고 하고 싶은 것도 많다. 뭔가를 하고 싶다는 목표가 생기면 그것을 실행하기 전에 체력을 먼저 기르라는 말을 들은 적이 있다. 일단 체력이 있어야 내가 원하는 뭔가를 이루어내는 것이 가능할 것이다. 아픈 엄마는 본인이 아파서 다른 것에 신경을 쓸 겨를이 없다. 아픈 엄마로 살면 잃는 것이 많다.

최소한 내 자식에게는 건강한 엄마가 되고 싶다. 나도 사람이기에 언젠가는 늙고 병들고 아플 것이다. 그 기간을 최대한 늦추는 것이 나의 목표이다. 아주 건강하지는 않더라도 최소한 안 아픈 엄마가 되고 싶다. 오늘도 운동한다. 어떤 종류이건 간에 운동해서 오래도록 건강한 엄마가 되고 싶다.

나를 사랑하는 방법

집에서 가장 가까운 국어학원이 있다. 동네에서 명성이 있는 국어학원을, 1호 너는 생각도 없겠지만 애미인 나는 이미 오래전부터 보낼 생각이 있었단다. 약간 어이없는 상황이다. 먹을 사람은 생각이 없는데 엄마는 벌써 진수성찬을 차리는 느낌이랄까.

1호야, 너는 잘 모르겠지만 초등학생 때부터 넌 국어를 잘 못했단다. 단원평가를 잘 본다고 국어를 잘하는 게 아니란 말이지. 엄마표 공부를 4년이나 하니 내가 너에 대해서, 가끔은 너보다 더 잘 안단 말이지. 때마침 중학교 공부 중에서 국어 공부가 제일 어렵다는 너의 한마디. 이때를 얼마나 기다려 왔는지 너는 짐작도 못 할 것이다.

쉬는 날에 맞추어서 1호를 보낼 국어학원 상담을 다녀왔다. 전화 예약을 한 후 바쁜 아이 없이 엄마만 와도 상담 가능하다길래 부리나케 다녀왔다. 한 달 학원비가 24만 원에 교재비는 별도란다. 1호의 미래를 위해서라면 이깟 학원비가 대수랴. 잘 다녀주기만 한다면 감사할 따름이겠지. 초등과 달리 사춘기가 온 중등은 다루기 힘들다는 소문이 있는데 우리 집은 내가 조련(?)을 좀 잘하는 편이라서 아직까지는 괜찮다.

아무튼 그건 그렇고. 학원 상담을 끝내고 오는데 왠지 뒷골이 땅기면서 뻐근하면서 찝찝하다. 뭐를 누긴 눴는데 아직 남은 느낌으로 썩 유쾌하지 않은 기분이 감싸지면서 영 컨디션이 별로다. 내가 모성애가 갸륵한 건지, 자기애가 부족한 건지, 아니면 그냥 짠순이여서 그런 건지. 애 보낼 학원비 결제는 푹푹 시원하게 한방에 하면서 나를 위한 결제는 망설였던 거다. 요며칠 나를 위한 글쓰기 과정에 등록하고 싶었다. 이은경 선생님의 슬기로운 초등생활 브런치스토리 작가과정 3기 결제에는 얼마나 많은 시간 동안 망설였던지 다시 곱씹어 보게 된다.

처음 내가 선뜻 결제를 못 한 것은 이번 프로젝트를 완수 못 할 수도 있다는 불안감과 (혹시라도 브런치스토리 작가과정에서 나만 떨어지면 어쩌지 하는 생각도 들었다) 잘할 수 있을까 하는 두려움인 줄 알았다. 그런 줄 알았다. 국어학원 상담을 다녀오기 전까지 나도 착각하고 있었던 거다. 그런 게 아니었던 거다. 나에게 돈을 쓰는 것이 아까웠던 거다. 어쩜 내가 나한테 이럴 수가 있을까? 아마도 가슴 깊은 곳 어딘가에 틀에 박힌 생각들이 있어서 그런가보다 라는 생각도 든다.

“지금 40이 넘어서 뭘 하려고 그래.

그냥 적당히 살면 되지.

내가 지금 하면 잘할 수 있겠어?

일 다니고 애 키우기도 바쁜데 작가는 무슨."

이런 생각들이 기본적으로 깔린 데다 돈까지 드는 일이라니 선뜻 결제가 힘들었던 거다. 생각보다 내가 나를 덜 사랑하고 있었나 보다. 이게 자존감이 낮아서 그런 건지, 나이 듦의 증거인지는 알 길이 없다.

나를 사랑한다는 것은 표현하는 것이다. 다른 그 누구도 아닌 오로지 나를 위한 사랑 표현이다. 결제해서 글쓰기 과정에 들어온 것은 너무 잘한 선택이었다. 만약 슬초브런치 과정이 무료였다면 이렇게나 깊이 고민하고 또 생각하며 곱씹어서 생각했을까? 과연 내가 그럴 리가. 뭐든 돈을 주고서 가져가는 것이 더 나에게 가치가 있고 의미가 있는 것이 되더라. 결국 나는 비용을 결제하고 당당히 슬초브런치 3기 멤버가 되어 매일매일 열심히 무언가를 하며 꿈지럭거리고 있다. 작년 이맘때쯤 혼자서 미라클 모닝에 아침 글쓰기를 하려 마음먹었을 때가 생각난다. 다들 그렇듯 처음에는 엄청난 의지가 불타올라서 새벽 5시에 일어나서 글을 쓰기 시작했으나 흐지부지 결론 없이 끝나버렸다. 그런 일은 한 번이면 충분하다. 이제 시작한 지 얼마 안 되었지만, 끝까지 해보려 한다. 나는 나에게 글쓰기 공부 기회를 주기 위해 결제했다. 돈이 아깝지 않도록 아주 그냥 본전을 뽑을 생각이다.

마치는 글

40대에도 다 계획이 있구나

봄이 되니 자전거를 타고 싶다. 선풍기 얼굴보다 커다란 두 개의 동그라미를 굴리며 앞으로 나아간다. 톱니바퀴를 굴리는 것과 비슷하지만, 이 동그라미 위에 올라탄 나는 바람을 만드는 항해사다. 바람의 세기를 조절할 수 있다. 바퀴를 세게 움직이면 강한 바람이 불고, 약하게 움직이면 약한 바람이 분다. 송골거리는 땀방울을 손등으로 훔칠 수도 있겠지만 살랑거리는 바람이 데려가게 그냥 내버려둘 것이다.

뭔가를 도전하는 것은 10대들만의 것일까? 지금 내 나이 40이 넘었는데 너무 늦은 거라 하기에는 남은 세월을 살아가기가 너무 무료할 것 같다.

난 가끔 새로운 것을 하고 싶을 때 생각한다. 지금 시작해도 괜찮을까? 너무 늦지는 않았을까? 이 나이에 뭔가를 한다고 달라진 삶을 살지는 않을 것 같은데. 이런 생각을 단번에 뒤집을 수 있는 말이 하나 있다.

"10년 뒤의 내가 지금의 나를 본다면?"

10년 뒤의 내가 바라본 나는 너무 젊지 않은가. 너무 팔팔한 나인데 가끔은 피곤하다는 핑계로 흡사 골방 안의 노인처럼 꼼짝을 안 하고 있을 때도 있다. 10년 뒤에 나는 50대다. 50대에는 지금보다 시도 못 할 일들이 더 많을 수 있겠지만, 아직은 40대니까 용기를 내보려 한다.

마음가짐은 뭔가 도전을 할 때 앞으로의 행보에 엄청난 영향을 끼친다. 아직 도전하지도 않았는데 할 수 있다고 생각하는 것과 할 수 없다고 생각하는 것. 이 둘의 차이는 훗날 도전의 결과에 어마어마한 차이를 끌어낸다.

나에게는 어린 시절 안타까운 경험이 하나 있다. 내 나이 아홉 살쯤으로 기억한다. 공무원이시던 아빠의 그 한마디.

"넌 운동신경이 없어서 자전거 못 타."

난 좌절했다. 아~ 머리가 아직 크지 않았던 나는 커다란 어른인 아빠의 말에 고개를 끄덕였다. 그래, 난 운동을 못 해. 몇 차례 이런 말을 들으니 그런가 보다 했다. 지나고 보니 난 자전거 타기를 살면서 시도도 안 하게 되었다. 1호가 자전거를 처음 배우는 그날까지도.

남편에게 1호의 자전거 강습을 부탁하던 날이다. 너무나도 날씨가 좋은 날이었다. 하늘에는 구름 한 점 없고 공기도 깨끗하고 맑아서 정말이지 자전거 타기 딱 좋은 날씨가 이런 날을 두고 하는 말일 것으로 생각했다.

드넓은 운동장을 바라보던 나는 갑자기 어디서 그런 용기가 났는지 모르겠다. 하늘이 높던 어느 날. 따뜻한 햇살이 나를 휘감싸고 있었다. 남편에게 말했다.

“여보, 나 자전거 타 볼래.”

거의 마흔이 다 되어갈 때쯤이다. 남편은 흔쾌히 자전거 강습을 해주며 내 아버지와는 다른 한마디를 던졌다.

“이거 한 시간이면 누구나 다 탈 수 있어.”

세상에나, 이런 말을 해준 사람은 내 평생 처음이다. 나 운동신경 없어서 자전거 못 타는 거 아니었어? 자전거를 타 본 적은 있다. 언제나 뒷좌석에 짐짝처럼 실린 채로. 물론 그 또한 재미는 있었지만.

30분쯤 지났을까. 넘어지고 까지고를 몇 번 한 후. 대박, 내가 1등이다.

1호보다 2호보다 내가 먼저다. 내가 자전거를 혼자 타게 된 거다.

우와~ 이거 뭐야. 그냥 타면 되는 거였네. 운동신경이고 뭐고 팔다리 멀쩡하면 탈 수 있는 거였잖아. 자전거 뒷좌석에서는 운전자의 등 뒤에 부는 바람을 쐴 뿐이었고, 풍경도 양옆을 두리번거리면서 볼 뿐이었는데. 자전거 운전자는 그 모든 바람을 맞으며 앞으로 돌진한다.

아~ 자전거 바람이 이렇게나 상쾌했었나. 옷에는 흙이 묻고 손바닥은 살짝 긁혀 쓰라리지만 이런 게 뭐 중요할까. 지금 나 바람을 가르고 두 바퀴로 굴러가고 있어.

아이들을 향해 외쳤다.

“얘들아, 엄마 오늘 태어나서 처음 자전거 타는 거야. 너희들도 할 수 있어.”

먼저 보여주며 본보기를 보여주는 것. 바로 이런 거구나.

구름 한 점 없는 맑은 봄 하늘의 끝자락을 붙잡고 또 자전거를 타고 싶다.

40대의 엄마인 내가 느지막이 도전 중인 것은 글쓰기 작가로서 앞으로 어떻게 행보할 것인가를 찾는 중이다. 처음에 나의 목표는 그저 명사였다. 내가 이루고 싶은 것은 작가.

지금 나의 목표는 형용사다. 어떤 글쓰기 작가가 될 것인가. 물론 브런치 스토리 작가가 시작이겠지만, 어떤 쓰는 사람이 될지를 생각 중이다. 일상을 살아가면서 내 꿈을 펼치려면 결국에는 시간 관리를 잘해야 한다는 결론과 함께.

3교대 간호사와 간호학원 강사를 하랴, 육아와 살림하랴, 거기에 글쓰기 작가까지. 하고 싶은 것은 많은데 시간은 24시간뿐이니. 40대에도 멈추지 않고 굴러가는 자전거 바퀴처럼 계속 굴러가고 싶다.

감사의 말

이 책이 세상에 나올 수 있기까지 많은 분의 노고가 있었습니다.

유일한 버킷리스트가 출간 작가였던 저를 브런치스토리 작가로 발돋움하는 데 도와주신 슬기로운 초등생활의 대표 이은경 선생님에게 감사의 인사를 드립니다.

브런치스토리 작가로 활동하는 내내 서로에게 격려가 되어주었던 슬기로운 초등생활 브런치 3기의 동기 작가님들에게도 감사의 인사를 드립니다.

부족한 원고이지만 예쁘게 봐주신 미다스북스 관계자분께 감사드립니다. 특히 미다스북스의 임종익 총괄본부장님, 이다경 편집장님, 김은진 팀장님께 감사의 마음을 전합니다.

글의 배경인 소아병원의 관계자 여러분께도 감사드립니다. 특히 부족한 저를 많이 아껴주시는 간호사 동료 여러분들이 있었기에 다시 출근하는 간호사 엄마로 잘 지낼 수 있었습니다. 또 간호학원의 강사로 일할 기회를 주신 원장님과 실장님께도 감사의 말씀을 전합니다.

2024년 10월 14일. 처음 글을 쓰기 시작했습니다.

글 쓰는 내내 함께했던 사랑하는 가족과 출간의 기쁨을 같이 나누고자 합니다.

1호 보물 황가온과 2호 보물 황가람, 그리고 나의 반쪽 황종선 씨.

어설픈 나를 믿어주었기에 여기까지 오게 되었습니다.

감사합니다. 너무 사랑합니다.

하나뿐인 버킷리스트가 완성되었습니다. 이제 다음 버킷리스트를 찾아서 인생의 여행을 떠나볼까 합니다. 다시 시작입니다.